千年鬼譚
緋色の鬼神と転生の乙女

神尾あるみ

富士見Ｌ文庫

目次

雨が降っていた。
雷光が閃めき、暗闇に潜んだものを白く照らし出す。
赤い血溜《ちだ》まり。と、そこに沈む首がひとつ。見開いた瞳の色は――金色。
金の瞳は血に濡《ぬ》れていた。怒りと憎しみに染まっていた。
雨はごうごう地面を叩《たた》き、血溜まりに跳ね、血濡れた首を乱れ打っている。

「殺してやる」

遅れて轟《とどろ》いた雷鳴に、怨嗟《えんさ》の声が合わさった。
血溜まりに沈む首が吐いた声だった。

「殺してやる！　必ずおまえを！　おれの手で！　幾年《いくとせ》かかろうと！」

金の瞳が映しているのは、ひとりの女。
ずぶ濡れの女の手には一振りの剣がある。貫いているのは、首のない躰《からだ》、その心の臓。

「殺してやる」、と血溜まりの中で首は繰り返した。
喉の奥で、血と雨がごぼごぼ音を立てた。
これで終わりになどするものか。——決して、決して、決して！
この怒り。この憎しみ。この激情が薄れることなど、永劫《えいごう》ない。
どれほど雨に洗われようと。
どれほど時が流れようと。

女が剣から手を放す。
心臓を貫かれた躰は、背中から切っ先を突き出したままくずおれた。
こちらへ近づいてくる女を、燃えさかる金の瞳が睨《にら》み据《す》える。
女の手が、首と一緒に沈んでいた短剣を拾い上げた。そして、
視線が束《つか》の間《ま》、絡み合う。
女の瞳の奥にきらめいたなにかが、首だけになった彼の臓腑《ぞうふ》をざわりと撫《な》でる。
だがそれは、あまりにささやかで儚《はかな》く。
摑《つか》むこともできぬまま、雷鳴にまぎれ。そして、
剣は振り下ろされた。

一章　鬼神、令和《れいわ》の世に復活す

「この質屋で、私以外の客を見たことないんだけど、儲《もう》かってるの？」

煤《すす》けて薄暗い店内を見回しながら尋ねると、店主が半眼で睨《にら》んでくる。カウンターの向こうの店主の表情はよく見えない。店の中が薄暗いせいだ。

煤けた照明が、雑多な品物をぼんやりと照らしている。置いてあるものはどれも、百年前からそこにあるような顔をして埃《ほこり》をかぶっている。

「あーあ、この立地だったらいくらでも儲かる商売ができるのに。しがないオンボロ質屋なんてもったいない。私が店主だったら、もっとこう……」

「言っておきますけど、店はあげませんよ。夢物語なら布団でどうぞ」

店自体と同じく、店主も初めて見た時からいっかな変化がない。年のころは三十過ぎ。

だがしかし、十何年前から「三十過ぎ」の外見のまま姿形に変化がない。

引きこもり店主の、不健康に白い手が差し出したグラスを受け取る。冷えた麦茶を一息に飲み干すと、店主が鼻を鳴らした。

「僕の店に構ってる暇があるんなら、商店街復興組合の活動に精を出しなさいよ」

「そっちはこのまえイベント終わったばっかりだもん。……ねえ、私が手伝った桜まつりの収益、聞いた？」

「聞きましたよ。あなた、商店街のジャンヌ・ダルクとか言われてましたけど」

「えっ、それは……ダサいな……。私が欲しいのは大げさな称号じゃなくてさ～」

ちょっとした、現物である。たとえば、パン屋で切り落とすパンの耳や、八百屋の見切れ品、魚屋のアラ。おすそ分けを配る時、候補の一人に自分を入れて欲しい。

実際、それはほぼ叶《かな》っている。商店街の外れにあるこの質店に辿《たど》り着《つ》くまでに、買い物袋は購入した覚えのないものでいっぱいになっていた。中身は、さびれた商店街の救世主、ジャンヌ・ダルク(呼び名は認めてないが)の苦しい家計に対する援助物資。

ぱんぱんに膨らんだ買い物袋を撫でていると、店主が呆《あき》れた顔でため息をついた。

「ははあ……あなたがボランティア活動……もとい、無償労働なんておかしいと思ったんですよ。なるほど、現物目当てでしたか」

「人聞きが悪いな、はっちゃん。私の商店街への貢献度に比べれば、このくらいの見返り要求はかわいいもんですよ」

「自分で言わなきゃね。あと、その『はっちゃん』っての、やめてくれます？」

八田《やた》質店のやる気のない店主こと、はっちゃん。子どものころ、「やた」の「や」は数字の「はち」だと教えられた。つけたあだ名が「はっちゃん」、いまだ変わらず。

「無駄話はこれくらいにして……ほら、あなたのお目当てはこれでしょうが」

八田がカウンターに細長い布袋《ぬのぶくろ》を置くと、ごとんと重量感のある音が響いた。舞い上がった埃が落ち着くのも待てず、逸《はや》る手で袋の口を解く。

現れたのは、一振りの剣。

鞘《さや》から抜きざまに、剣身がしゃらりと音を立てる。

すらりとした細身の剣だ。ちょうど腕の長さほどの。剣身は煤けた店内でもきらきらと冷たく輝いて、魅入られたように見つめる顔が映っている。

気が強そうな女子大生の顔。一つに結んだ黒髪が、ほつれて幾筋か肩にかかっている。化粧っ気はないけれど、元から目鼻立ちがはっきりしているせいか、それとも輝く黒目のおかげか、うっすら日に焼けた顔はそれなりに明るく、潑剌《はつらつ》として見える。

頰に見つけた土汚れを袖口で拭っていると、八田が眉を寄せて言った。

「あんまり剣に顔を近づけないでくださいよ。斬れそうで怖い」

「え、この剣、斬れるの？　飾りだと思ってたんだけど」

「斬れますよ。あなたの指くらい、こう、スパッと」

「怖っ……」

慎重に剣身を鞘に収め、元通り布袋に入れる。

そこでようやく、この剣が手元に戻ってくるのだと実感できた。

「～っ、おかえり我が家の家宝！　ごめんね、七年もこんなオンボロ質屋に放置して！」

「すいませんねオンボロ質屋で。ほら、再会を喜ぶまえに出すもん出してください」

「くっ……しょうがないな。これが約束のお金だ。もってけドロボウ！」

「誰がドロボウだ。流してやればよかったぜ」

ちぇっ、と口を尖《とが》らせて、八田が封筒を受け取った。そのまま、中身を確かめもせずにレジにしまってしまう。

高校から大学まで、バイトで地道に貯《た》めた血と汗が（いや、血はウソだ）滲《にじ》んだお金である。数えてくれてもいいんですが、と言うと、こと金銭に関してあなたが計算ミスするわけないでしょう、と返された。

当然である。新札であれば、手に持った感触で二十枚までは当てられる自信があった。

「質入れした残りのものも全部、ぜったい、引き取るからね」

「はいはい。どうせろくに客もいませんし、何年でも埃をかぶせて保管しておきますよ」

八田の憎まれ口を聞きながら、剣を抱えて立ち上がる。小ぶりなわりに案外重い。

帰り支度をしている背中に、八田のため息がかかった。

「何年でも待ってますから、金儲《かねもう》けに精を出し過ぎて勉学を疎《おろそ》かにしないように。留年なんかされたら、僕がご両親に叱られる。あと、もう少し格好に気を使うことをおすすめします。……農学部といっても、みんながみんな、あなたみたいに一日中作業着でいるわけじゃないのを知ってますよ」

「はいはい。あ、忘れるとこだった。これ大学で育てた空豆、おすそわけ」

新聞紙に包んだ空豆を渡すと、八田の目がちょっとだけ輝いた。八田が素直に喜ぶのは、お酒かそのお供になりそうなものを手にしたときだけだ。酒を嗜《たしな》まない身としてはよく分からないが、空豆はきっといい肴なのだろう。

「……もう大学二年ですか？　月日が経《た》つのは早いもんですねえ」

「おじさん臭いよ、その台詞《せりふ》。じゃ、そろそろ帰るね。今夜はこの剣と一緒に寝るんだ」

「剣と同衾《どうきん》ですか？　……いや、なにと枕を共にしようとあなたの勝手。相手が人間のときは僕には報告しないでくださいね。空豆はありがたくいただきます」

今夜はビールだな、と呟《つぶや》きながら奥へ戻りかけた八田が、「あ」と声を上げる。

「これ、銃砲刀剣類登録証と、所有者変更届です。あとはあなたの名前と住所を記入して提出するだけですから」

「……ありがとう」

小さな紙切れを受け取りながら、こみ上げてきたものをぐっと呑《の》み込《こ》んだ。

ようやく、である。ありとあらゆる家財道具を手放した七年前。その中で、最もお金になりそうで、かつ最後まで売り払えなかったのがこの剣だった。

代々家に伝わる家宝。両親からは神剣だと聞かされていた。といっても神職の家系というわけでもない。来歴は父も母も知らなかった。ずっと昔から家にあって、両親が大切にしていたということだけが確かで、それだけで十分だった。

鈴鹿涼音《すずかすずね》。所有者の欄に、自分の名前がとうとう書ける。

再び、鈴鹿の名の下にこの剣を所有するのが、涼音の二番目の夢であった。

○

涼音の愛車、かつては鮮やかな水色だったと思《おぼ》しきホンダのスーパーカブ50は、大学の先輩から下賜された原動機付自転車だ。ビンテージ、と言えば聞こえはいいが、外見も中身も正しく骨董品《こっとうひん》である。

一応こまめに整備はしているものの、滲み出るボロさはいかんともしがたい。右のミラーを留めるボルトはいくら締め直しても走行中に緩んでしまう。いつの間にか角度が変わった小さなミラーには、後続車ではなく涼音の顔が映っていた。

八田に言われるまでもなく、もう少し見栄えに気を使ったほうが社会的に良かろうということは分かっている。

顔の造作は母に似てそう悪くはないはずだが、二十歳になっても化粧のひとつもしていない。大学の実習が終わってそのままの格好なので、黒のツナギは少々（あくまで涼音の感覚で）土に汚れている。スニーカーもしかり。

長い黒髪は、伸ばしているというより、伸びてしまったというのが本当のところで、とくにアレンジすることもなく後ろでひとつに結んでいる。このまえ切ったのはいつだったか、そろそろ器用な同級生にそろえてもらったほうがいいだろう。

「でもべつに、今日はもう家に帰るだけだしな……」

こんな格好でも、とくに問題はない。わざわざ着替えればそのぶん洗濯物が増えるだけで、涼音にメリットはまるでない。

交差点の赤信号で停止して、ミラーを元に戻した。

化粧道具も美容院も余分な服も、優先順位はだいぶ低い。そこにコストをかけても涼音の欲しいものは手に入らない。バイト先で求められる程度の清潔感があればそれでいい。それ以上に装うメリットが感じられない。生活が成り立てばそれで十分なのだ。

必要なのは、一にお金、二にお金である。

お金があればだいたいの欲しいものは手に入る。いま背負っている家宝の神剣だって、お金のせいで手放して、お金の力で取り戻した。実に、七年がかりで。

家宝といっても、世間一般の価値がどれほどか、涼音は知らない。

七年前、八田はこの剣と引き換えに、おそらく剣の価値以上のお金を父に貸し、さらには特例中の特例で利子もつけず、質流れもさせずにずっと預かっていてくれた。

もはや胡散臭《うさんくさ》いほどの善意だが、気だるげで面倒臭そうな八田の雰囲気のせいで本当に胡散臭い。本人は鈴鹿家への恩返しだと言うが、過去なにがあったのか、恩の内容についてはいくら尋ねても教えてくれないのだ。

ともかく、八田には感謝している。彼がいなければ、この剣は今ごろ所在不明になっていただろう。


大通りから一本路地に入ったところで、ふと、背中の熱に気がついた。

夕暮れ。カブで突っ切る空気は冷たいのに、剣が触れる背中が、焼けるように熱い。

――熱いのは、まさか剣か？

そんな馬鹿な、と打ち消す背中に、どくん、と。まるで生きているような脈動が剣から伝わってくる。……いや、あり得ない。だけどこの、耐えがたい熱は本物だ。

熱い。熱い。あとほんの少しの家路も我慢できないほどに。

この角を曲がったら一度、カブを停《と》めて、剣に異常がないか確かめよう。そう思って路地を曲がった瞬間。

一方通行の狭い道を、猛スピードでこちらに向かってくるバイクを目が捉えた。

とっさに手がハンドルを切り、靴底がブレーキペダルを踏み込む。バランスを崩した車体がたまらず転倒する最中、肩が触れ合うほどの至近距離で相手のバイクとすれ違った。

横倒しになった車体は涼音を乗せたまましばしスリップし、隣家の塀にぶつかって強制停止する。エンジンが、ぷすりと音を立てて止まった。

「――――……し、死ぬかと思った!!」

ツナギを着ていてよかった。肌の露出がほとんどなかったおかげだろう、ぱっと見では怪我《けが》はない。心臓が爆発寸前にバクバクいっているほかは、どこにも異常はなかった。

ほっとしたのも束の間、涼音の顔がさっと強張《こわば》る。

思いきり、剣をお尻の下に敷いていた。慌てて腰を上げ、袋から出して鞘を取り、剣身をあらためる。

鋼の剣身は傷ひとつなく、緊張する涼音の顔を映していた。

「……よかった。大丈夫だ。さすが私の神剣」

恐る恐る剣身に触れてみるが、鋼は当たり前に冷たく、背中に感じたあの燃えるような熱はどこを探しても見つからない。

もしかしたら、とふと思った。剣はこの事故を警告してくれたのかも知れない。神剣ならあり得る話だ、と一人頷いて、剣をしまおうとした。その手が、ぴたりと止まる。

反対側のブロック塀手前に、黒いバイクが倒れていた。

転倒したのは自分だけかと思っていた。が、接触せずにすれ違ったはずの、黒いフルフェイスに黒いライダースーツの逆走運転手が、アスファルトに倒れている。

声をかけなければ、と考えた涼音が動けなかったのは、足下にごろごろ転がってきた物体が、あまりにも常識の範疇《はんちゅう》外の代物だったからだ。

ひゅっ、と喉が悲鳴を上げた。

――生首、である。

円柱のガラス容器。その中に、男の生首が漂っている。

涼音の手から神剣が滑り落ち、地面にぶつかり高音が響いた。

液体に満たされたガラスの中で、艶《つや》やかな黒髪がたゆたっている。長い髪には幾筋か燃えるような緋色《ひいろ》が混じっていて、それが目に焼き付いた。触れれば火傷《やけど》しそうな、鮮烈な赤だった。

毛先が撫でるのは精悍《せいかん》な頰、なめらかな皮膚の下に、頑強な骨格が隠されているのが分かる。きりりとした眉は力強く、裏腹に、鼻筋はすっと繊細に伸びて……。

伏せた瞼《まぶた》の向こう、その瞳は何色だろう。

「きれい……」

ぽつりと賞賛の言葉がこぼれた。そんな自分に驚いて、「よくできてる」と慌てて付け加える。そう、まさか本物の生首ではあるまい。

なぜなら頭に二本の角が生えている。

劇の小道具かなにかだろう。頭では分かっているのに、視線がどうしようもなく惹《ひ》きつけられた。いつか、どこかで、見たことがあるような気がして。

そんなわけはない。こんな顔、一度見たら忘れられない。だけど……。

自分はこの男の、瞼の向こうの瞳を、知っている気がする。夜に輝く、瞳の色を。

「……いやいやいや」

視線を生首から無理矢理引き剝がして、取り落とした剣に手を伸ばした。指先が柄に触れた瞬間、涼音はぎょっとして手を引っ込めた。熱い。

百歩譲って、それだけならまだ自分を誤魔化せただろう。剣の成分は鉄だ。鉄が熱くなることくらいある。しかし、剣がひとりでにカタカタ動き始めたとあっては……。

今からでもいい、ドッキリでしたと誰かに言ってもらいたい。なのに、足元で、生首の入ったガラス容器まで共鳴するように震え始める。そして、剣が、

「嘘《うそ》っ⁉」

剣が生首に引き寄せられていく。反射的に、両手で剣を引きとめた。熱い柄が嫌がるように涼音の手の平を焼く。

抑えきれない。そう感じた直後、何かが手の中で弾《はじ》けた。それが何かは分からない。ただ、剣から何かが飛び出したという確信がなぜかあった。

呆然とする涼音をよそに、剣はすでに元通り、手の中でおとなしくしている。

つん、と指先で剣身をつついてみても熱くはない。ただの鋼だ。息を吐いて、無理矢理落ち着こうとした矢先、視界の端で何かが動いた気がして、視線を落とす。

そこで今度こそ言葉を失った。

容器の中の生首が突如、目を開けたのだ。

涼音の口から、悲鳴とも感嘆ともつかない息がこぼれた。あまりにその瞳が美しかったから、恐怖を感じる前に、刹那で心を掴まれて。

――この瞳を、私は知っている。

夜に輝く、瞳の色。月光を集めたようなこの金色の瞳を、知っている、と思った。

妖しく、まるで発光しているかのようにきらめいている。月よりも、明るく。

惹かれるままに伸ばした手が、容器の表面に触れた――と思った瞬間、行く手を阻んだガラスは粉々に、水とともに弾け散り、首が涼音の手に転がり込んできた。そして、

「ああっ！　くそったれ！」

烈火の声があたりに響きわたった。

「このおれを狭っ苦しいところに押し込めやがって！　淡海《おうみ》の底に沈めてやる！」

「は？」

嘘でしょう、と本日何度目か分からない台詞が頭の中をぐるぐるしていた。

声はたしかに、手の中の首から発せられていた。嘘でしょう？

「いやいやいや……は？　どういうこと!?　なんで？　なんなの？」

「ええい、やかましい！　わめくな！」

美しい生首の口から、粗野な言葉がほとばしった。黒髪を濡らしていた液体が音を立てて霧散する。まるで、その首から逃げ出すように。

「くそっ、肩が凝った！」

「……肩、ないけど。首しかないけど」

「あ？　……ああそうか、斬られたんだった。畜っ生、あの女」

男の金の瞳が怒りに燃える。その目は到底作り物には見えない。

「あの……なんで普通に喋《しゃべ》ってんの？　もしかして、まさかと思うけど、生きてんの？」

「首を斬られたくらいでおれが死ぬかよ」

「あ、そう」

頭の中がしばしきれいに空っぽになった。なにも考えず、なにも見なかったことにして、このまま家に帰りたい。

珍しいものを見れば即座に商売に繋《つな》げてしまう思考回路の持ち主でも、それが喋る生首とあってはさすがに手に負えない。商売にできる範囲を超えている。

「おい」生首男が声を上げた。

「今夜は新月か？　こう暗くちゃあなにも見えん」

「いや、まだ明るいけど」

「ならなぜ暗い」

「だから、暗くないってば。……もしかして、目が見えてないの？」

男が舌打ちをこぼした。

「くそ、呪《しゅ》が効いてやがる。いまは延暦《えんりゃく》か？　蝦夷《えみし》の征討は？　平《たいら》の都はどうなった？」

「えんりゃく？　えみし？　都って……」

「えんりゃく」とは、音の響き的にもしかして年号のことだろうか。

「……よくわかんないけど、とりあえずいまは令和《れいわ》ですね」

知らねえな、と言う首を放り出したい衝動と戦っていると、不意に手元が陰った。顔を上げる。すぐそばに、黒いライダースーツの男が立っていた。フルフェイスのせいで表情はわからない。が、だらりと垂れた手に握られたバールを見て、涼音は反射的に後ずさった。首を抱えたまま。

男の手がゆっくり持ち上がり、ためらいなく振り下ろされる。

たったいま涼音が膝をついていた地面を、バールの先端が打った。一切の加減なく。あんなもので叩《たた》かれたらひとたまりもない。カブを起こしている猶予はなかった。片手に家宝の剣、片手に生首を抱え、涼音は全速力で駆け出した。

「おい！　もっと丁重にあつかわんか！」

「そんな場合じゃないんだってば！　……お、追いかけてくる〜！」

家はすぐそこだ。が、このまま逃げ込めば男に住所を知られてしまう。涼音はあえて角を逆に曲がった。不幸中の幸い、と言ってもいいのか、男は転倒時に足を痛めたようだった。走るスピードは涼音のほうが断然速い。

小脇に抱えた生首の文句を無視しながら、涼音は全力で駆けた。

だいぶ遠回りをして家に辿《たど》り着《つ》いた時には、日はとっぷり暮れていた。

○

立て付けの悪い引き戸に錠をかけ、靴を脱ぎ捨て、生首を放り出し、剣を慎重に置くと、涼音はへなへなと座り込んだ。深呼吸をしたが最後、躰中《からだじゅう》から力が抜けていった。

「おい女、よくもこのおれの首を杜撰《ずさん》にあつかってくれたな」

暗い廊下に、喋る男の生首。悪夢だ。見なかったことにしたい。寝て起きたら、消えていてくれないだろうか。精一杯の抵抗として、膝に顔を埋めて非常識な存在を視界から追い出したが、朗々とした声は涼音の耳に否応なく飛び込んでくる。

「それで？　なにがどうなっている」

「普通に話しかけてこないでよ。信じたくないんだから」

「おまえが信じなくとも、起こっていることは変わらん。追ってきた奴は何者だ」

「……私がききたいよ。ああ……、なんでこの首持ってきちゃったんだろ。私のバカ」

置いてくればよかったのだ。この生首はおそらくバール男のもの。転倒した時にバイクの荷台から落ちたに違いない。

返却すべきだが、もう一度あの男と対面するのはご免だった。あと少し避けるのが遅ければ、確実にバールは涼音に当たっていた。

振り下ろされたバールが足をかすめた瞬間を思い出して、いまさら冷や汗が噴き出た。警察に通報するべきだろうか。でも、この首のことをなんと説明すればいい？

「おい女、おれの躰を探しやがれ」

「なんで私が」

平気で話しかけてくるから、つい応えてしまう。こんな非常識、認めたくないのに。

「おまえしかこの場におらんのだからしかたないだろうが」

どうやってこの事態から撤退しようか思案しているというのに、まるで逆――火中に栗《くり》を拾いに飛び込めとは……笑えない冗談だ。はっきり断ろうと視線を向けて、後悔した。こちらを見つめるふたつの瞳が、涼音の心を強烈に惹きつける。

本当は見えているのではないか。彼の目は正確に涼音を捕らえている。目が離せない。

「……一銭の得にもならないじゃない」

「おれの役に立てることをありがたいと思え」

「思えません」

「どうやらおれはすこぶる長いこと微睡《まどろ》んでいたらしい。躰はどこぞに封じられているはずだ。もとの形を取り戻せば、あんな奴はおれがぶっ飛ばしてやる」

「あんたをあいつに引き渡すって手もあるでしょ？」

「やってみればいい。おまえ、あの男に殺《や》られるぞ」

「なんでよ」

「もののついでの殺生をなんとも思ってない奴だ。見つかれば殺されるだろうな」

「……どっか目立つところにあんたの首を転がしておけば？」

「んなことしてみろ！　永劫《えいごう》呪ってやるからな！」

「黙れ生首！」

だがしかし、だがしかし、である。

涼音のカブはあの事故現場に置きっぱなし。ナンバーから個人を特定する手段はある。そうでなくとも、近所で張り込まれたら見つかるのは時間の問題だ。

この家は質屋の八田が手配した物件で、格安家賃の、入り過ぎなほど年季の入った古い木造平屋。家賃の代わりに、密閉性と快適性を犠牲にした仕様である。セキュリティなんてないも同然。侵入しようと思えばどうとでもなる。

躊躇《ちゅうちょ》なく振り下ろされたバールを思い出した。こめられた殺意の感触はまだ肌にこびりついている。

生首に言われるまでもない。あの男が、涼音の命などなんとも思っていないのは明白だった。首を引き渡したところで、涼音を見逃してくれる保証はない。

「ああもう……」

誰か、廊下に転がっている喋る生首の正しい扱い方を教えて欲しい。

考えなくてはいけないことは他にいくらでもあった。喋る生首の躰探しなんていう非常識なことではなく、現実の、自分の生活のためのこと——来週の講義に向けたレポート作成や、読まなくてはいけない論文、スーパーの週末セールのチェック、極限まで食費を抑えた一週間のつくりおき献立計画……などなど。奨学金をもらっている貧乏学生が抱える、避けては通れぬシビアな現実が山積している。

神様ならまだしも、鬼神に恩を売ったところで、御利益もなければ社会的恩恵もなさそうだ。メリットとデメリットを載せた天秤《てんびん》がゆらゆら揺れている。どう考えてもデメリットのほうが多いのだけれど、反対側に載っているものが重すぎる。

命までは取られないにしても、怪我《けが》をするだけだって十分に嫌だった。

「……探すだけ、探してみてもいいよ。私に探せる範囲にあるなら、見つけてあげる。その代わり、そっちもひとつ約束して」

「なにを」

「あのバール男、必ずぶっ飛ばして。金輪際、私に関わろうって気にならないくらい。徹底的に」

首と躰がくっついたところで、この男がどれほど役に立つかは分からない。足がなければ追い出すこともままならない。

だが、この状態の相手を放り出すのはなけなしの良心がさすがに痛む。

「いいぜ」と首だけの男がにやりと笑む。

「請け合おう」

見えていないはずの金の双眸《そうぼう》が妖しく光って、大変不本意だがしばし見とれて言葉を失った。もしや、すでに呪いにかけられているのではないか。見る者を魅了する呪いに。このまま言うとおりに事を進めたらとんでもないことになるのでは……。

そんな予感がちらと脳裏をよぎったが、代案はなかった。

「よし、いよいよとなったら、首を置いて全力で逃げてやる」

「聞こえてるぞ。で？……おまえ、名は」

「……涼音。あんたは？」

短い付き合いになることを切に願いながら尋ねた。

おそらく、この世で一番元気な生首が「よくぞきいた」ときらりと笑う。

「聞いて驚きやがれ！　おれの名は大嶽丸《おおたけまる》。京《きょう》の都でこの名を知らぬ者はなし。大千世界を東へ西へ暴れ回り、天下をあまねく狂瀾怒濤《きょうらんどとう》におとしいれる、大倭《おおやまと》最強の鬼神たぁおれのことよ！」

首ひとつで大仰な啖呵《たんか》を切ってみせた自称鬼神・大嶽丸は、満足そうに高らかに笑う。

ここにはない躰が、偉そうにふんぞり返っているのが幻視できた。

「本当に、短い付き合いになりますように」

心からそう願って、涼音はがくりと肩を落とした。

○

自称「大倭最強の鬼神」の生首と出会ってから一夜が明け、鈴鹿涼音は台所でおにぎりを握っていた。大嶽丸は呑気《のんき》なことにまだ寝ている。

台所には炊きたての白米の匂い。

日曜の午前七時。いたって平和な朝。

ネットの情報によると、車のナンバーで所有者を割り出すのは警察でもなければ不可能らしい。バール男が一般人かは不明だが、少なくとも警察ではない……だろう。

京の都を震撼《しんかん》させた鬼も首だけでは役に立たないのだから、いま襲われるのは困る。

「おい！　おい女！」

「…………」

ラップでおにぎりを包み、手を洗う。

呼びつける声をたっぷり一分無視してから居間に向かった。

「おはよう生首男。もしかして躰だけじゃなくて脳みそも探さなくちゃいけないわけ？

私、女じゃなくて涼音って名前なんだけど、寝たら忘れちゃった？　自称鬼神の大嶽丸」

こぢんまりした居間には、障子越しに朝日が差していた。ちゃぶ台を囲む座布団のひとつに大嶽丸の首が乗っている。なかなかにシュールな光景だ。

鬼は眉間にしわを寄せて言った。

「おまえ、その口の悪さじゃ通ってくる男もいないだろ。そのうえどうも貧相な躰──」

持っていた菜箸で鬼の額──角と角のあいだをパシリと叩《たた》いた。

「なにをしやがる！」

鬼神といっても所詮首だけ。怒ってみせてもいまいち迫力に欠ける。

「今度失礼な口をきいたら海に放り投げてやるから。で、あんたが言ってた『延暦』、調べてみたけど……」

大嶽丸が言う「延暦」が年号だとすれば、平安時代《へいあんじだい》のものだ。西暦でいうと七八二年から八〇六年、いまからおよそ千二百年も前のこと。

「まさかとは思うけど、そのころからずっと微睡んでたっていうの？」

にわかには信じがたい。が、すでに常識の範疇外《はんちゅうがい》の物体が目の前にある。元気な生首の前で常識では「あり得ない」と言っても滑稽だ。

いまいちピンときていない様子の大嶽丸に、スマホで調べながら延暦《えんりゃく》のころの天皇の名や有名な人物の名を挙げてみせる。

思い当たる名があったのだろう。「千二百？」とひとつ繰り返して、大嶽丸は薄い唇を引き結んだ。

金色の瞳がどこか遠くを見るように眇《すが》められ、凛々《りり》しい眉から表情が消える。想像もできない時間の重みが、突如として彼にのしかかる。それが、涼音にも察せられた。

素直にショックを受けるなんて想定外だ。

だって、「鬼」だと言うから。首だけになっても平気な顔をしているやつは、千二百年の眠りなどなんともないと思ったから。

不用意に放った言葉の影響を目の当たりにして、涼音は焦った。

「ほらほら、しっかりしなさいよ。四捨五入すれば千年。千年なんてどうってことないって。鶴も千年っていうし、亀なんて万年だし」

「おまえいま二百年を捨てたか？」

「細かいことは気にしない！　で？　そういえばきいてなかったけど、あんたの首を運んでたあのバール男に覚えはないの？」

「ないな」

「どっから運ばれてきたのか〜とか、どこへ向かってたのか〜とか」

「知らん」

「手がかりの一つくらい」

「楽をするな」

「……あんたねえ」

鬼といえど、さすがに無抵抗の相手を叩くのは（すでに一回叩いたことは忘れることにして）憚《はばか》られる。やり場のない衝動が発散の場を求めて、気づくと両手が鬼の角を握っていた。二本の角を、渾身《こんしん》の力で。

「私が！　いったい！　だれのために質問してると……！」

「角を掴《つか》むな角を！　おまえのためでもあるだろうが！」

「私は警察に駆け込んだっていいんだからね！　そしたらあんたなんかどっかの研究所送り間違いなし。そこんとこ分かっ…………んん、これは」

なんだろう、この感触。鬼の角なんて骨のように硬いのかと思いきや、わずかに弾力がある。たとえるなら、硬めのグミ。

「…………」

朝ご飯がまだだからか。角を握る涼音の腹が、ぐうと鳴った。

「この角、炒《いた》めて塩こしょうしたらおいしいかも」

「鈴鹿山《すずかやま》！」

　大嶽丸が慌てて叫んだ。犬歯のような鋭い歯が見える。

「おれが首を斬られたのは鈴鹿山だ。場所の心当たりなんぞ、それっくらいだ」

「鈴鹿、山……」

　自分の苗字《みようじ》と同名の山に、一瞬どきりとする。単なる偶然だ。でもなぜか、この鬼の口からまろびでた「鈴鹿」という音が心臓に到達した時、痛いほど胸が締めつけられた。なにか忘れている気がするのに、思い出せないまま出かけてしまった時のような、焦りにも似た居心地の悪さ。だが、どれだけ考えても原因に辿《たど》り着《つ》ける予感はなかった。

　幸いなことに、鈴鹿山の所在をスマホで確認した瞬間、もどかしい感覚は吹っ飛んだ。

「三重《みえ》と滋賀《しが》の県境⁉　無理！　遠いよ！」

　しかも山ではなく山脈だ。広大すぎる。麓をぐるりとするだけでどれだけかかるか知れない。今月のカレンダーと家計簿を頭の中に展開し、すぐに首を振った。

「……いや、無理でしょ。今日だってたまたま日曜だけど、本当ならバイトあったし、そもそも交通費だけでいくらかかると……」

　涼音のスケジュールが一日空くことは、ほぼ、ない。

　暇さえあれば大学の研究室か実習用の畑にいるし、そうでなければバイトか、なにかお金になることをしている。

鬼の躰《からだ》を訪ねて三千里……などしている時間もお金も持ち合わせていない。

「ここはなんという地だ」

頭を抱えている涼音の耳に、大嶽丸の低い声が届く。

「神奈川《かながわ》」

「かながわぁ？　どこだそりゃ」

眉を寄せる大嶽丸を見て、古い地名を記憶に探す。

「えーと、関東？　違うな。う〜ん、……相模《さがみ》？」

「相模国《さがみのくに》だと？　坂東《ばんどう》ではないか！　これまた、だいぶん辺境の田舎だな」

「いや、栄えてるし」

「なんにせよ、そう遠くないところに在るぞ」

「躰が？　鈴鹿山でなく？」

大嶽丸が瞬きで肯定する。

「京まで行けとは言わん。どうやら侘《わび》しい身上らしいしな」

なにがおかしいのか、大嶽丸はそう言ってククと喉を鳴らした。三重まで行かずに済むとわかってほっとしたが、いかんせんこの鬼は一言多い。

「せいぜい坂東八国《ばんどうはっこく》を探し回るんだな」

「な、ん、で、あんたはそんなに偉そうなの」

ぐっと両頬を引っ張る。ついさっき芽生えた非暴力の精神はどこへやら。

「首だけのくせに！」

「いてててっ。えらそうでなく、えらいんだ！」

癪《しゃく》なことに、大嶽丸の頬は張りがあって至極なめらかだった。無駄な肉が一切ついていないせいで摑みづらい。

「おれが躰を取り戻した暁には、おまえの頬を餅のごとく伸ばして――……おい、昨夜《ゆうべ》の奴の気配だ」

「えっ」

理解より先に音が聞こえた。戸を叩く音が。

一定のリズムで、途切れることなく誰かが戸を叩いている。チャイムも付いているのに、端《はな》から押すつもりがない。はじめ控えめだったのが、次第に強く激しくなっていく。

「どうする？」

「静かにして」

試したことはないが、あのボロい戸を蹴破ることは、たぶん、可能だ。

台所へ戻って、おにぎりと水筒をリュックに放り込む。足音を忍ばせて玄関のスニーカーを引っ摑むと、取って返して風呂敷《ふろしき》に大嶽丸の首を手早く包んでリュックへ入れた。その間も戸を叩く音は続いている。今や家全体が揺れるほどのすさまじさで。

背負ったリュックの中で、大嶽丸が「急げ」と囁《ささや》いた。

「分かってる」と答えながら、裏手の雨戸をそろそろと開ける。

と、立て付けの悪い雨戸が、桟に引っかかって耳障りな音を立てた。

ノックがぴたりと止《や》んだ。

駆けろ、と大嶽丸の声がした時には、スニーカーを引っかけて外へ飛び出していた。

ささやかな家庭菜園をまたぎ越し隣家の塀をよじ登る。今にも後ろから足音が聞こえるのではないか。恐怖にすくみそうになる足を叱咤《しった》して、なんとかコンクリート塀の向こうへ飛び降りると、隣人の庭を突っ切って生け垣の隙間から車道をうかがう。

バール男の姿はない。頼りになりそうな人の姿も、同様にない。

涼音の家の玄関は反対側の道に面している。追ってきたとしても、いま少しの猶予はある、はず。

「がんばれ私。度胸だけなら人一倍あるでしょ」

ぎゅっと両手を握って、生け垣から飛び出す。日曜の朝の、人気のないのどかな道をひたすら走った。目指すは昨日の事故現場。背中のリュックが重い。上下左右に揺さぶられ、大嶽丸が抗議の声を上げている。

空色のスーパーカブ50は、昨日倒れたままの姿でそこにあった。キーも挿さったまま。

「さすが私のカブ！」

抱きついて頬ずりしたいくらいだがそんな暇はもちろんない。車体を起こしてキーを回し、キックペダルを踏み込む。エンジンはかからない。体重をかけてもう一度。

ぷす、というガスのくすぶる音。もう一度。もう一度。もう一度。

「かかんないっ！」

転倒したせいだろう。もともといまいちだったエンジンのかかりが至極悪い。

その時だった。バックミラーが視界に入り、その四角いミラーの中に人影を見た。近づいてくる。走ってくる。黒いライダースーツにフルフェイスのヘルメット。あの男だ。

震えた足が、ペダルを踏み損ねた。

「落ち着け！」

「わ、わかってる！」

男はどんどん迫ってくる。足音が近くなる。

日曜の空気を肺いっぱいに吸い込んで、ゆっくり吐き出した。落ち着け。

息を止め、体重を乗せて右足を一気に踏み込む。

どぅるるる。祝福の重低音。涼音は思わずぐっと拳を握った。

「行くよ、大嶽丸！」

「なんだか知らんがさっさとしろ！」

アクセル全開。カブは道路交通法に違反して一方通行の道を逆走した。いたしかたない。

だって反対側から危険人物が迫ってくるのだから。

どこに向かうのかも分からぬまま、涼音はオンボロ原付を走らせた。男がなにか怒鳴るのが聞こえたが、内容はエンジンの響きにまぎれて後ろへ流されていった。

○

「その方向に走れ」と大雑把に鬼が示したのは、太陽の昇る方角だった。すなわち、東。

その雑な指示に従い、涼音はカブをひたすら東へ走らせている。道の先には横浜港があるのを涼音は知っていた。何度も行ったことがあるから。ただし、公共交通機関で、だ。

休日の国道なんて原付で走るものではない。

横浜へと続く八王子《はちおうじ》街道《かいどう》を走りながら、涼音は早くも後悔していた。思えばカブで遠出をするのは初めてだ。せいぜい家から大学、近所のスーパーや図書館を行き来するばかりで、交通量の多い国道の隅を制限速度で走行するのは初体験だった。同じ道を、帰りもまた運転するのかと思うと今からうんざりする。

あのバール男のバイクは大型だった。もしカーチェイスなんてことになったら、一瞬で決着がついてしまう。サイドミラーに黒っぽいバイクが映るたびに背筋が冷える。

先を急ぐ気持ちとは裏腹に、カブはマイペースに進んでゆく。

落ち着け、と涼音は自分に言い聞かせた。焦って交通事故なんて冗談じゃない。

大嶽丸はリュックの中でおとなしくしていて、途中何度か方向を確認した時も「そのまま進め」と返すばかり。おとなしくされると、調子が狂う。

彼にも、千年前に置き去りにしたものがあるのだろうか。

千年も眠った経験はないけれど、大切なものが戻ってこないという事実を呑《の》み込《こ》むつらさは知っている。そんな時に、他人がかける言葉などないということも。


涼音は車で遠出をした記憶がほとんどない。自家用車を維持できるだけの経済力が鈴鹿家にはなかったので、移動手段はもっぱら電車だった。

行き先の多くは、海好きの父が選ぶおかげで、横浜の東か南の海岸沿い。

そこに至る道を、電車ではなく原付で、家族三人ではなく鬼と二人で向かっていることで妙な気分にさせられる。

家族で出かけたのは数えるほどだが、そのすべての記憶に電車の光景がある。

先頭車両に乗り込んで、抱き上げてくれる父親の腕の中で、操縦席や進行方向の線路や踏切《ふみきり》を見るのが好きだった。目的地に着くころには父の腕は疲労で痺《しび》れていたな、と思い出す。途中で観念して下ろせばいいのに、なぜかそれが父親の大事な務めであると認識しているようで、無理をして降車駅まで涼音を抱え続けていた。

そんな自分たちの様子を、にこにこしながら母親が見ていたのを覚えている。一番近い椅子に腰かけて、荷物を膝に載せて。元からあまり躰が丈夫ではなかったせいか、賑《にぎ》やかな場所から一歩下がって、そっと微笑《ほほえ》んでいるようなひとだった。

どんな時でも、振り返って、そこに母親の笑顔を見つけると安心できた。見守っているから、もう少し遠くへ行っても大丈夫よ、と言われているようで。

今は振り返っても誰もいない。

抱え上げてくれる腕もない。

辿っているこの道が正しいかどうか、判断するのは自分だけ。間違っていたとしても、その報いを受けるのも自分だけ。

いつの間にか道の雰囲気が様変わりしていた。

道幅は広く、平坦《へいたん》に。建ち並ぶ建物は白っぽく、すっきりとしたデザインになっていく。空気に潮の香りが混じり、風上に視線を向けるとぽかりと空間が空いている。その先にはもう陸地はなく、ずっと先まで海が広がっている。

海を見ると、反射的に父と母の笑顔が、繋《つな》いだ手の感触が、涼音を呼ぶ声が蘇《よみがえ》る。思い出が波のように押し寄せてきて、たちまち涼音を記憶の海に引きずり込もうとしてくる。

バイクは山下公園の駐輪場に駐められた。一時間一一〇円、一日最大八八〇円。三時間くらいで全部解決してくれたらいいのに、と駐車代を惜しんでいると、

「だいぶ近い」と大嶽丸の声がした。

リュックの布越しにもかかわらず、彼の声は力強く、はっきり聞こえた。

「どっち？」

「近すぎて分からん」

「しっかりしてよ」

鬼のレーダー、精度はイマイチらしい。だがしかし、案外近場で助かった。今日中に見つけることも不可能ではないかも知れない。

「海の中とかじゃない限りはね」

「海？」言うなり、ぶつりと布の断たれる音がした。「ふむ。なるほど磯《いそ》くさいな」

嫌な音を聞いた気がする。慌ててリュックを下ろすと、側面に、朝にはなかったはずの穴を見つけた。

「ちょっとなにしてくれてるの⁉」

信じられない。この鬼、布地に牙で穴を開けた。障子に指を突っ込むノリで。ちょっと海を感じようって思いつきを実現するためだけに。涼音の唯一のリュックに、穴を。

「信じられない！　そんなに海が好きなら、大桟橋《おおさんばし》から投げ捨ててやる！」

「かしましい！　こんな袋のひとつやふたつ、復活したら新しいのをやるってんだ！」

盗《と》ってくるの間違いではないか、と思ったけれど、そう言い返したところで不毛な争いになりそうだったので口をつぐんだ。このままではリュックと喋《しゃべ》る危ない人間だ。すでに、すれ違う人たちが怪訝《けげん》な顔で涼音を振り返っている。

「覚えてなさいよ。躰《からだ》を取り戻したら、くっついた両腕でまず繕い物をさせてやる」

涼音のどす黒いオーラをものともせず、大嶽丸は開けた穴から潮風を存分に味わっているようだった。どうしたら首だけでそう脳天気でいられるのか分からない。

「さしあたり、そこいらを歩き回ってみろ。いよいよ近くにきたら分かるはずだ」

「非効率すぎる……」

とはいえ他に手もない。あとはもう、一般人である自分が立ち入れる合法な場所に躰があることを祈るばかりだった。この鬼のために住居不法侵入を犯すつもりは毛頭ない。鬼の怒りを買うより、人間の法を破るほうが問題である。

「はあ、もういいや。とりあえずご飯食べよう」

海を望むベンチに腰かけて、リュックから水筒とおにぎりを取り出した。ややこしい事態に対処するためには、カロリーの摂取が不可欠だ。

リュックの中で潰れてしまったおにぎりを頬張る寸前、大嶽丸が声を上げた。

「うまそうな匂いがする」

「首だけじゃ食べられないでしょ」

「物は試しだ。よこしてみな」

言い合う気力がもったいなくて、涼音はおにぎりの端を千切って鬼の口に放り込んだ。

と、一口分の白米が、あっという間に飲み込まれる。

「──え、なんで？」

飲み込んだものはいったいどこに行ったのか。腑《ふ》に落ちない涼音を尻目に、大嶽丸が満足そうに目を細めた。

「うまいなこりゃ。さてはおまえ、どこぞの宮仕えの筋か。白米なぞ、豪奢《ごうしゃ》なものを」

「はあ……もう深く考えるのやめた。ひとつ食べる？」

もちろん、と答える鬼の口におにぎりを突っ込み、涼音も頬張る。炊きたての白米の具は、醬油《しょうゆ》が染みたおかか。シンプルな味にほっと息を吐いた。

海岸沿いに細長く広がる山下公園は、関東大震災の瓦礫《がれき》を埋め立てて作られている。いま座っている場所のこの下に、昔の瓦礫が埋まっていると思うとなんだか不思議だ。天気がいいおかげで、芝生にレジャーシートを敷いてピクニックをしている家族連れも多い。

「思ったんだけど、あの男、普通にあんたを訪ねてきたって可能性はないかな」

「もしそうだったとして、おれが頷《うなず》くと思うか？　そうかも知れんと言ったらおまえ、おれをあいつに引き渡すだろうが」

「だって、元々あの男があんたのこと運んでたんだよ。私を襲ったのも、あんたを守ろうとしてのことかも。躰のありかだって知ってるかも知れないじゃん。言っとくけど、私はどこまで協力できるかも分かんないからね。なんであんたが私を……」

──私を、選んだのか分からない。

そう言おうとして、やめた。「選んだ」は言いすぎだろう。選択肢が二つしかなかっただけの話。大嶽丸の現状では、手足となる人間がどうしたって必要だ。

でも、なぜあの男ではなく自分を？　信用できる要素なんて、自分で言うのもなんだが、見当たらない。謎だったが、改めて尋ねる気にはなれず、涼音は口をつぐんだ。

顔を上げれば、のどかな光景が目に飛び込んでくる。見る人みんな幸せそう。涼音だって、昨日の今ごろはハッピーだった。ようやく家宝の神剣を買い戻せるお金が貯《た》まって、札束を握りしめてうきうきしていた。一日でこうも状況が変わるものか。

「…………」

そう、変わるものだ。知っていたはずでしょ、と自分に問う。

日常はいつだって、あっという間に変貌する。どんなに必死にしがみついていたって。望んでいる明日が、確実に訪れる約束なんて誰もしていない。

深く沈みそうになる思考を引っ張り上げたのは子どもたちの声だった。振り向いた涼音の眼前に赤い物体が飛んでくる。とっさに上体を反らして避けてから、フリスビーだと認識して手を伸ばした。

海に飛び込む寸前、指先がそれを捕らえた。

すいませーん、と叫ぶ少年へ、もっと向こうで遊びなさいと投げ返す。赤いフリスビーは見事な軌道を描いて少年の手の中へ帰っていく。

兄弟か友だちか、はしゃぎながら駆けていく少年たちの背中が眩《まぶ》しかった。

涼音があれくらいのころも、父親とよく遊んだものだ。あさっての方向へ飛ばしてしまった円盤を、父親が右へ左へ走って取りにいっていた。しばらく経《た》つと父より涼音のほうがうまくなったけれど。

久しぶりに投げたが、腕はなまっていない。

「今日は祭りかなにかか？」

やけに騒がしいなと大嶽丸が言う。

「違うよ。ごくごく普通の休日」

風向きが変わったのか、どこからか大道芸の音楽が流れてきて、そこに拍手と歓声が加わった。突然の音に驚いたのか、海沿いを散歩中の犬が吠《ほ》える。穏やかな波音が、それらの音を呑み込んで沖へ引いていく。

「千年か」と大嶽丸が呟《つぶや》いた。

「四捨五入するとね」と涼音は応える。

彼が生きた千年前と今、どれだけの隔たりがあるのか涼音には分からない。大嶽丸にしてみれば、寝て起きたら千年だ。平安時代といえば、十二単《じゅうにひとえ》に万葉集《まんようしゅう》、源氏物語の世界。あまりに遠い世界。寝起きにこの光景を見たらびっくりするだろう。見えなくてちょうど良かったかも知れない。

「……まばゆいな」

「見えるようになったの？」

「いや。呪《しゅ》はまだ解けていない。……そういう感じがするってだけだ」

どういう感じだ、と反射的に突っ込みそうになったけれど、声になる前に言葉を呑み込んだ。大嶽丸の言葉がすっと胸に沁《し》みたからだった。賑わう日曜の湾岸の音を、「まばゆい」と形容する感覚は嫌いじゃない。

実際目にしたらなんと言うだろう。どんな顔で驚くだろう、この鬼は。

「……ねえ」

白い柵にカモメがとまる。その向こうに係留されている日本郵船氷川丸《にほんゆうせんひかわまる》を眺めながら、涼音は尋ねた。

「躰を取り戻したら、そのあとどうするつもり？」

「千年ぶん暴れる」と大嶽丸が即答する。

「具体的に」

「はてな。決めちゃいないが……手始めに、どこぞ城でも取ってきておまえにやろうか」

「……いらない。もらっても困るし。それなら換金できる財宝のほうがマシ」

「よし」

「え、ちょっと待って。どこから持ってくるつもり？　お金は欲しいけど悪事の片棒を担ぐのはご免ですから」

「つまらん奴だな」

「合法か、ぎりぎりグレーなお金だったら受け取る」

「注文が多い」

沖合から響く汽笛の音に、涼音は顔を上げた。

穏やかな海の波頭に、午後の陽光がチカチカ踊っている。柵にずらりと並んでいたカモメが、走ってきた子どもを避けるようにいっせいに飛び立った。

雲ひとつない青空を背負って、白いカモメがゆるりと旋回する。

「躰を取り戻したら、おれを殺した女を殺す」

突然の物騒な言葉にぎょっとする。

視線を落とすと、抱えたリュックの中で大嶽丸の瞳が昏《くら》く光っていた。焦点が合わない。その目はどこか遠いところ、場所も時間もここではないところを見ていて、間近にいる涼音のことなど忘れているようだった。

「どこにいても、必ず探しだして殺してやる」

「殺すって言っても、もう生きてはいないでしょ。千年も経ってるんだから」

「死んでたら、生き返らせてもう一度殺す」

「そんな無茶な。それとも、そのひとも鬼だったりするの？」

「いや、一応は人間だった」

「じゃあ……」

「あいつがあっさり死ぬはずない」

そんなはずがない、と。どこか願うような声だった。

生きていてくれなければ困る、とでもいうような。

千年前、どういういきさつで大嶽丸の首が斬られたにせよ、それは単純な鬼退治の物語ではないのかも知れなかった。

不用意に踏み込む覚悟は涼音にない。桃太郎に退治された鬼《おに》ヶ島《がしま》の鬼のその後を、鬼の事情を、知っても居心地の悪い思いをするのが分かっているのと同じ。

「ま、好きにしたら？」

ただの人間が千年も生きているとは思えなかったけれど。それは彼の問題だ。死んでいるのを自分で確かめて諦めるしかない。

鬼と桃太郎の確執なんていう、面倒そうな事情には深入りしないに限る。こちらはそんなに暇ではない。

この鬼に協力しているのは、自分の日常を守るため。バール男をぶっ飛ばしてもらうため。それ以上の理由はない。

「私は、約束さえ守ってもらえれば、あとはどうでもいいし」

「おれは約束は守る。人間みたいに、平気で欺《あざむ》いたりしない」

突き刺すような視線を受けた時、唐突に理解した。

この鬼は涼音のことをちっとも信じていないのだと。こちらが従って当然と言わんばかりの尊大な態度のくせに。

――この瞳の昏い怒りを、私は知っている。

手ひどく裏切られた者の目だ。裏切られるなんて思いもしていなかった浅はかな自分への憤り。裏切ったものへの憎悪に身を焦がしている者の目。

涼音は一度息を吐くと、いまだ見えていないらしい鬼の金眼《きんがん》を見返した。

「そっちがどう考えてるか知らないけど、私は約束を守る。あんたの躰が、私の手の届くところにあるなら、必ず取り戻す」

千年前になにがあったのかなんてどうでもいい。「鈴鹿涼音は約束を守る」。たとえそれを、大嶽丸がちっとも信じていなかったとしても。

リュックの中、大嶽丸が薄く笑い、瞳がきらめいた。

「あの男じゃない」

「え？」

「おれが運命を感じたのは、おまえだ」

「……と、突然なに言ってんの」

「先刻の問いの答え」

なぜ、涼音を選んだのか分からない。口には出さなかった問いに、大嶽丸が答える。

バール男ではなく、涼音にその身を（首を？）委ねた理由。「運命」など、大げさな。鬼に運命を感じられても嬉《うれ》しくない。が、気づくと涼音も笑っていた。

「いい加減な運命！　後悔しても知らないから！」

光の加減で、大嶽丸の瞳は金というより琥珀色《こはくいろ》に見える。太古の樹脂が化石化した琥珀と同様、悠久の時をぎゅっと凝縮させたような瞳の色。

美しかった。美術や装飾品にまるで興味のない涼音が、太陽の下で見たいと思うほどに。波に反射する陽光を浴びたら、さぞや力強く輝いて涼音を見るだろう。

「褒美はやるから、せいぜい気張って探すんだな」

「だからなんであんたはそう偉そうなの」

鬼の事情に深入りはしないが、躰《からだ》を取り戻すまでだったら付き合ってもいい。あくまで実生活に影響のない範囲で。

「……国も財宝も私は要らない」

「無欲を美徳とおれは思わん」

「でも、全部終わって躰を取り戻したら、買いものに付き合ってよ」

「そんなことか」

「大量の米を持ってもらいましょう」

「鬼をなんだと思っていやがる」

○

海岸沿いに歩き始めていくらも行かないうちに、涼音の足取りは重くなる。

大嶽丸の躰が眠る場所が、なにもここでなくてもいいのに。

どこもかしこも、記憶の底にしまっておいた両親との想い出《おもで》だらけだ。よみがえる想い出が空気に溶けて混ざり合い、涼音の足に絡みつく。

おにぎりを食べた山下公園も、係留されていた氷川丸も、どこかから聞こえる大道芸の歓声も、すべてになにかしら想い出がある。景色が変わるたびに、しまい込んだ記憶が勝手にあふれてくる。

もういないのに。

山下公園から西へ向かう立体遊歩道を進む途中、見つけた光景に足が止まった。

遊歩道の下を、横浜大さん橋の埠頭《ふとう》に続く道が通っている。この道を、両親と三人で歩いたことがあった。ナイトクルーズに参加する予定だったのだ。

その日、夕暮れの大さん橋に人はまばらだった。

いま、自分たちは陸の端っこに向かってるんだ。そのことがとても特別に思えるのに、小学生の涼音はそれをうまく言葉にできずにいた。

埠頭の先端に立つターミナルの向こうには海が広がっていて、そこから先へは人の足では行けない。そしていま、船が涼音たちをその先へ連れていくために停泊している。

なんだか、それって、すごいことなのでは？

修学旅行で湖を回る船に乗ったことはあったけれど、海をいく船は初めてだった。世界は涼音の足で歩けるところから、さらに先へ広がっている。夕暮れに港は暗く沈んでいたが、父と母がいればちっとも怖くなかった。

まとまらない思考のまま、ただ「すごいことだ」と伝えたくて振り返った涼音の興奮を、父と母の目はまるごと全部受け止めてくれた。ひとつの感情も取りこぼすことなく。言葉にならない思いもすべて。

それで安心して、小さな船に乗り込んだ。

あの時の、ぞくぞくする感覚の成分を、いまならもう少しちゃんと説明できる。なのに、伝えたい相手がもういない。

埠頭に向かってまっすぐ延びる道と、その先に待ち受ける穏やかな海の音が涼音に一気に襲いかかって、不在の事実を突きつけてくる。たまらない。

「どうした」

立ち尽くしている涼音に大嶽丸が尋ねた。

答える言葉は持っていなかった。この胸の空白を伝えたいとも思えない。ただ、大嶽丸の「どうした」には、心配そうな響きも気遣いの色もなかったので、心地よかった。涼音はまた歩き出して、「なんでもない」と背中のリュックに答える。

言葉に変換できない感情を、潮の香りと一緒に飲み下して。

「ねえ、鬼ってどうやって生まれるの？」

大嶽丸にも親がいたのだろうかと、ふと思った。

「おれは気づいたらそこにいたからな」

「そこ？」

「あたりにはだれもいなかった。岩山の上に、ひとりでいた」

夜だったな、と大嶽丸は思い出すように言った。

――漆黒の闇の中、しんと冷えた夜気に満たされていた。風が吹いて、雲が流されて、光が落ちてきた。冴《さ》え冴《ざ》えとした光を辿《たど》って顔を上げ、巨大な白銀の円を見つけた。

「黒い天井に、まるい穴があいているのだと思ったな。天井の向こうには銀の世界があるんだろうと」

続く言葉を待っていたが、話はそこで終わったようだ。昼日中《ひるひなか》だというのに、涼音の頭の中は夜に染まっている。

美しい情景だった。この上なく、孤独な。

あまりに美しくて、胸が痛い。

生まれてはじめて見たのが、ぽっかり浮かぶ白銀の月だったなんて、寂しくて静かで、なんて綺麗《きれい》なのだろう。

「鬼はみんなそうやって生まれるの？」

「まさか。おれは別格なんだ」

「はいはい」

「おまえら人間は弱くて脆《もろ》い。生まれたばかりの人間ならなおさらだ。ほかの奴の手を借りないと生き残れないようにできている」

「そうですね」

「千年経《た》っても人間は変わらんな。徒党を組まんと生きられん。鬼も、弱い奴はそうやって生きのびる。おれは違う。ひとりで生まれ、ひとりで生きてきた」

「今まさに、私の助けがないとなにもできないのをお忘れのようで」

「無用な話をしている暇があったら、きりきり歩きやがれ」

なんの気なしに尋ねたことだったが、予想外にも美しい情景が胸に残された。月夜にひとり、巨岩の上に佇《たたず》む鬼神の姿は、孤高の強さをたたえていた。

復讐《ふくしゅう》を誓う大嶽丸の瞳はかつての自分と同じ色をしていたのに、いまは遠く感じられた。涼音より、ずっと強い。そんなふうに自分も在れたらいいのに。

それとも鬼だから？　鬼だから、そんなに強靭《きょうじん》に存在できるのか。ひとりでは生きていけない人間には無理だろうか。

赤レンガ倉庫の前の広場を突っ切って、桜木町《さくらぎちょう》へ向かう汽車道《きしゃみち》へ進んだ。

汽車道は海の上を渡る長い遊歩道だ。昔、港への貨物輸送列車が走っていたらしい。遊歩道になった今も、レールと橋梁《きょうりょう》の一部が記念に残されている。

線路の上を歩いているようで楽しくて、みなとみらいに来ると必ず最後にこの道を通って駅に向かった。帰りたくなくてわざとゆっくり歩いて両親を困らせたり。

「で、どう？」

「近い。が、はっきりしない。妙に気配が薄い。こりゃあ、念を入れて封じてあるな」

「え、私そういうの全然分かんないよ？　お札とか、呪文とか」

足を止めたのは、ちょうど遊歩道の真ん中あたりだった。一部だけ残されている橋梁が、足元のウッドデッキに影を落としていた。柵にもたれて、みなとみらいの風景を眺めながらため息をつく。

傾いた太陽が、対岸のコスモワールドの観覧車に乱反射している。ジェットコースターから響きわたる叫び声も、離れているとやけに間延びして平和的だ。

「まさか、本当に海に沈んでるってことは……」

冗談で口にしたことが現実になったら笑えない。

「いやな想像をするな。まずは陸地を探しやがれ」

「分かってるけど、もし——」

声が途切れた。視界の隅、一本道の遊歩道。今しがた歩いてきた側に不穏なものを見た気がして、涼音の心臓が鼓動を早める。どうか勘違いであってくれ、と願いながら、目だけを動かして確認した。

まばらな通行人のほとんどは観光やレジャーが目的で、明るい雰囲気をまとっている。だから、隠れる場所がない汽車道で、その人物は異様に浮いていた。

黒いライダースーツの男。

さすがにフルフェイスはかぶっていない。が、間違いない。素顔を捉えたはずなのに、なぜかその顔はまったく印象に残らなかった。男の顔のあたりだけが黒く煤《すす》けたように、記憶にぽかりと穴が空いている。

右半身に男の視線を感じながら、涼音はぎくしゃくと歩き出した。

「お、大嶽丸……」

「あいつだな。とりあえず、構わず歩け」

「なんでここに？　ずっとつけられてたってこと？」

走りそうになるのをぐっとこらえた。後ろにいると思うだけで足が震えそうだ。人目があるところでは襲ってこないはず、と、なんの保証もないことを願う。

「あんた、復活したら本当に強いんでしょうね」

「強い」

疑いようもない事実であるとばかりに即答される。

汽車道を渡りきったところで、「おい」と大嶽丸が声を上げた。

「向こうに……ああ、弓手《ゆんで》に行け」

すれ違った人が怪訝《けげん》そうに振り返る。

「ゆんで？　って、どっち？」

「弓を持つほうだ」

「…………どっち!?」

「左だ！」

方向的には山下公園、つまり元来たほうへ戻る道だ。みなとみらいの狭い範囲を、ちょうど三角形に歩いている。気づくと早足になっていた。歩調はどんどん早くなっていく。

明らかな挙動不審。絶対に、尾行に気づいたことに気づかれている。

道は広く開けていた。隠れられる場所も、尾行をやり過ごせるような建物もない。

大嶽丸が次に口を開いたのは数分後。なにもない歩道の上。

「この下だな」

「……埋まってるってこと？　コンクリートの下に？」

灰色のアスファルトを絶望的な気持ちで見下ろし、ふと気づく。

「あ、もしかして地下鉄」

すぐそこに見慣れたブルーの表示が出ていた。みなとみらい線の馬車道駅《ばしゃみちえき》。入り口に飛び込むと、地下へ続く階段を駆け下りる。

「でかした。近いぞ！」

興奮気味に叫ぶ大嶽丸の声が、周囲の雑音が、すっと遠ざかる。

なぜだろう。どこに向かえばいいのか、躰《からだ》が知っていた。

足が勝手に引き寄せられる。透明な糸が腕に足に絡みついて、涼音をたぐり寄せている。

このひととき、追われている恐怖も焦燥も頭から抜け落ちていた。

地下一階からさらにもう一階分駆け下りて改札の横を通りすぎ、引っ張られるように向かった先、吹き抜けになったコンコースの壁面に、それはあった。

「………………」

貸し金庫の、鋼鉄の扉。

旧横浜銀行の貸し金庫で使われていた扉が二つ、並んでいる。建物が取り壊された際、扉だけ記念に保存されて馬車道駅のコンコースに飾られた。

この中だ。並んだ二つのうち、右側の扉に迷わず触れた。

なぜ分かるのか、分からない。でも絶対に、この中だと確信していた。

金庫の取っ手にかけた手が震えている。自分の躰が自分のものではない感覚。肌の下にもう一人べつの人間がいるような得体の知れない胸騒ぎ。

取っ手は回らなかった。展示品なのだから当たり前だ。

回らない取っ手に、どこか安堵《あんど》している自分がいる。開けないといけないのに、開いてしまえばもう後戻りできない。そんな恐怖が躰を動かなくさせる。

混乱の真っただ中にいる涼音の背後で、大嶽丸の声が上がった。

「熱っ……！　おい、なにか燃えてやしないか！」

涼音も気づいた。背中が熱い。慌ててリュックを下ろして手を入れたが、それ――神剣は、素手で触れるのが躊躇《ため》われるほど熱くなっている。

「……おまえ、そりゃなんだ？」

「護身用に一応持っ――……っ！」

突然全身に衝撃が走った。摑《つか》んだ剣が手から落ちる。白く染まった視界に火花が散って、遅れて額に激痛が弾《はじ》けた。舌を噛《か》んだらしく、口中に鉄の味が広がる。

「うう……っ」

頬が冷たい。後頭部に圧がかかっている。頭ががんがんして思考がまとまらない。リュックから転がり出た大嶽丸の顔が同じ高さにあるのを見て、自分がいま床に押さえつけられていることを認識した。後ろから、殴られて、倒れたのだ。

大嶽丸がなにか言っている。

ぐっと首を押さえつけられた。ちらりと見えたのは黒いライダースーツ。

息ができない。夢中で動かした両手が宙をかく。

「だれか」と、間近で女性の声。「警察につうほ――」

不自然に声が途切れた直後、すべての雑音が遮断された。駅のコンコースに満ちていた声も足音も人の気配も消え、その場に涼音と大嶽丸、そしてバール男だけが残された。

状況が分からない。が、救助は来そうにない。自分でどうにかするしかない。

床を摑む指先が剣に触れた。異常に熱く、火傷《やけど》しそうなその熱が涼音の意識をつなぎ止める。

視界が霞《かす》む。鬼神の顔が滲《にじ》む。

――大嶽丸のバカ。バカ。バカ。

こんなに近くにいるのに、まったく役に立たない自称平安最強の鬼を心の中でののしった。ののしって、それから、謝った。

大嶽丸は鈴鹿涼音を選んでくれたのに、自分は応えられなかった。

役立たずという点では涼音も同じ。そこに躰があるのに、手が届かない。

大嶽丸の選択はきっと正しかった。こんな、冷たい手で首を絞めてくる男より、絶対に涼音のほうがいい。絶対に。鬼のくせに妙に清々《すがすが》しい大嶽丸だから。

今になって、結構本気で彼に応えたかったのだと気がついた。

躰を取り戻し、太陽の下で動き回る大嶽丸を見たかったのだと。

「――――……」

意識が奈落に落ちる寸前、あたりに轟音《ごうおん》が響きわたった。直後、何かが頭上を飛びすぎる。ごんっ、という音とともに、首を押さえつけていた力が消えた。

肺に流れ込んできた空気に咳《せ》き込《こ》みながら顔を上げ、絶句する。

金庫の扉が、壁から消えている。さっき飛んでいったのはあの扉か。鋼鉄の扉は、涼音にのしかかっていた男を巻き込んでホールの反対へ吹き飛ばされていた。

そんなことよりも。

扉が消えた穴から、首なしの躰がのそりと出てきた。

「なんで……」

緋色《ひいろ》の衣をまとった見事な体軀《たいく》。これならば、鋼鉄の扉を蹴り飛ばしても……いや、人間ならば不可能だろうが。彼であれば。鬼神であれば。

躰は悠然と歩いてきて、首を拾い上げた。そのまま、おもむろに本来あるべき場所に乗せる。斬り口は、瞬きのうちに消えた。

「お、大嶽丸……？」

「おうとも」

こちらを見ぬまま大嶽丸が応えた。千年ぶりに繫《つな》がった首を、無造作に動かしながら。

大嶽丸の横顔を、涼音は呆然《ぼうぜん》と仰ぎ見た。

通った鼻筋。薄い唇。ちらりと覗《のぞ》く鋭い牙。凜々《りり》しい眉の下には、輝く金の双眸《そうぼう》。黒髪に混じった幾筋かの赤は燃えるように色づき、まるで炎をまとっているよう。そこから、鬼である証《あか》しの角が二本、つんと突き立っている。

無駄のないしなやかな躰。派手な緋色の衣は、歴史の資料集で見た狩衣《かりぎぬ》をずっと簡素にした印象。所々すり切れていたけれど、そんなことは気にならなかった。膝下丈の裾から伸びた素足が、ぐっと床を踏みしめている。

大嶽丸以外の鬼なんて知らない。だけど、「平安最強」にふさわしい、圧倒的で完璧な鬼っぷりだった。

ただ一点、心臓を、一本の剣に貫かれているほかは。

「……気づいてないかも知れないけど、剣、刺さってるよ。痛くないの？」

「あの男をぶっ飛ばすくらいなら、わけはない。朧気《おぼろげ》ながら、目も利いてきたしな」

「抜けば？」

「これは、呪いだ。刺した奴にしか抜けん」

「ってことは……」

永遠に抜けないのでは？　刺したのは千年前の人間だろうから。

そう思って見た剣の様子にひっかかりを覚えた。大嶽丸の胸から突き出た剣の柄。その意匠に見覚えがある。

鈴鹿家の神剣に、似てはいないか。大嶽丸に刺さっているもののほうが小ぶりだが、二本セットと言われても違和感はない。

「あ、そういえば」はっと我に返って辺りを見回す。「さっきまであんなにたくさん人がいたのに、なんで突然無人？　みんなどこいっちゃったの？」

「いけすかん術だな。ほかの奴らがいなくなったんでなくて、おれたちだけ閉じ込めたんだ。だが、そこで伸びてる男の仕業とは思えん」

「あら～？　思ったより察しのいい鬼じゃん」

軽やかな声とともに、派手な振り袖をまとった美女が降ってきた。着地したのは大嶽丸の頭の上。藤色の鼻緒が大嶽丸を踏みつける。声を上げる間もなく、鬼はうつ伏せに押し潰された。

「ぐっ……っの野郎！　どきやがれ！」

「へえ、これが噂《うわさ》の鬼神サマ？　めっちゃ弱っ」

藤の模様の袖を後ろへ払って、女が顔を上げる。

「芦屋《あしや》～、あたしがどうこうするまでもなく、コイツ弱ってるよ～」

滝のごとく流れる黒髪のあいだから、ぞっとするほど白い頬が現れた。涼しげな目元、優美な弧を描く唇は血のように赤い。

大嶽丸は起き上がろうとしていたが、踏みつけにする女の足はびくともしなかった。

「五月《さつき》、そのまま押さえてろ。……結界張るのに時間はかかったが、楽な仕事だったな。こっちの首泥棒も伸びてやがる。さっさと終わらせて、定時で帰るぞ」

今度は男の声だ。振り返れば、倒れたバール男の傍らに、男が一人、立っていた。

裏稼業の男が、そのへんでサラリーマンの服を借りてきた様子で、シャツはよれよれ、スラックスから覗く足は素足に雪駄《せった》、小脇に抱えたジャケットはくわえ煙草《たばこ》の灰で汚れているという有様《ありさま》だった。

爪先で、面倒くさそうにバール男をつついている。

突然現れた二人の男女は、出で立ち《いでたち》だけでは職業不詳、何者なのかまるで分からない。

「あの……」

涼音は足元の剣を拾い、立ち上がった。

くわえ煙草の男が、いまはじめて気づいたというように涼音を見る。

「ああ、きみ、とんだ災難だったな。あとはこっちで処理するから」無精ひげをぽりぽりかきながら、言った。「今日のことは忘れてくれる？」

「は？」

「あ〜、だからさ、あとはいいようにするから、そこの鬼のことも、こっちの男のことも、ついでに俺たちのことも忘れちゃってくれってお願いしてんの」

お願い、とはほど遠い態度にカチンとくる。

「……なんで私が、あなたの言葉に従わないといけないんですか」

「一応俺たちが警察だから」

「証拠は？」

「疑り深い《うたぐぶか》いねお嬢さん。いいことだ」

誰だって疑うと思います、とはさすがに口に出さなかった。逮捕する側ではなく、される側のほうがよっぽどしっくりきます、とは。

男はそこら中のポケットを探りながら女を呼ぶ。

「五月ぃ、俺の手帳どこだ？」

「知らな～い。上着のポッケじゃないのぉ？」

「見当たらないからきいてんだよ……。あ、名刺ならあるわ」

男は雪駄を引きずるようにして歩いてきた。まだ距離があるところで立ち止まり、

「ほら、こういう者です。分かったら国家権力に従うように」

と、投げてよこしたしわくちゃの名刺には、

――警視庁公安部　公安機動捜査隊特殊捜査班　芦屋
それだけ印字してあった。住所も電話番号もメールアドレスも載っていない。しかも名前は苗字《みょうじ》だけ。裏返しても情報は増えない。

なんの証明にもならない名刺だが、しまおうとしたら「返せ」と手を出された。

これで信じろというほうが無茶なのでは。

「そういうことなんで、大人しくしてて。あと、その剣は回収させてもらうから」

「あいつ、どうするつもりなんですか？」

依然として女に組み敷かれている鬼を指さす。

芦屋は煙草の煙を細く吐き出した。

「あれはお嬢さんが思ってるよりずっと危険な存在でね。首が宇治《うじ》の平等院《びょうどういん》から先週盗

まれて、俺たちはその首泥棒を追ってたってわけ。それが、あっちで伸びてる男。……しかしまさか、躰《からだ》まで出てくるとは思わなかったな。封印が強固で助かった」

「封印って、あの、刺さってる剣のことですか？」

「何重もかけられてたはずだが、今残ってるのはあれだけだな。躰のほうは関東大震災のどさくさで流出して、行方が分からなくなってたらしい。こんなところにあるとは誰も思わねえよ。ま、野放しにはできないんで、しかるべく処理するさ」

これも仕事でね、と男は気だるげに肩をすくめてみせた。

「処理って、具体的には」

「どうでもいいだろ」

「殺すんですか？」

「……できればそうしたいところだけど。これほどの鬼を完璧に殺すのは骨が折れるから、たぶん、封印し直すってことになるだろうな」

「………封印」

「今度こそ、二度と目覚めないよう厳重に」

裏切られて首を切られ、千年眠って目を覚まし、躰を取り戻して復活したと思ったらまた封印とは……。

後ろで獣のように唸《うな》っている鬼の思考回路が人間のそれとは根本的に違うのだとしても、

それはあまりに……哀れに思う、と同情したら大嶽丸は怒りそうだけれど。

「まさかとは思うけど、その鬼に協力したら国家反逆罪になるからね」

ほら、と芦屋が手を出す。剣をよこせと。

涼音はひとつ息を吐いて、言った。

「あの鬼に協力したのは、自分の身の安全を守るためです。警察だかなんだか知らないけど、代わりに安全を保証してくれるっていうなら、私としては言うことないです」

「裏切るのか！」

大嶽丸の憤怒《ふんぬ》の声が背中に爆《は》ぜた。

それはまっすぐで鮮烈で、瞬間的に弾《はじ》けたような、幼い怒りだった。

「おまえも！　おれを裏切るのか！」

涼音は振り向かずに答える。

「私は躰を見つけたし、あんたもあの男をぶっ飛ばしてくれたし」

二人の約束はもう果たされたのだと。そう説明する自分の声は言い訳じみている。

「ご協力どうも。じゃあ、剣をこちらに」

芦屋が短くなった煙草を足元に捨てた。吸い殻を雪駄の底でぐりぐりと踏みしだきながら、涼音に手を差し出す。

「…………」

この剣は涼音がずっと取り戻したかったものだ。剣を再び手にするために、無理をしていろいろやりくりしてきた。それなのに、さっき芦屋に剣を渡せと言われて、真っ先に口をついて出たのが大嶽丸の心配とは。たった一日、そばにいただけなのに。

鈴鹿涼音は自他共に認める合理主義者である。

お金も時間も、決めた目的のために使いたい。自分に利益がないことに労力を割くのは嫌いだし、常に最短距離でゴールに辿《たど》り着《つ》きたい。

その、はずだった。

「……ああ本当、最低にコスパの悪い一日だな」

「なんか言ったか？」

辛抱強く手を出しながら、芦屋が首を傾《かし》げた。もう片方の手が新しい煙草を取り出すのを見ながら、涼音はにこりと笑う。

「いえべつに。ただちょっと、それが人にものを頼む態度かよ、って」

次の瞬間、剣は涼音の手を離れていた。ちょうど、フリスビーのごとく旋回しながら、正確に芦屋の顔面めがけて。

慌てて避けた芦屋が、足をもつれさせて転倒した。

その時にはもう、涼音は踵《きびす》を返《かえ》して走っていた。

振り袖の女を体当たりで突き飛ばすと、大嶽丸の腕を引っ張る。

鬼神はぽかんと口を開けたまま、焦点の合わぬ目で涼音を見た。

「なにしてやがる……」

「私がききたいよ！　いいからっ、さっさと逃げるよ！」

まだよく目が見えていないのだろう、立ち上がりざま足元のリュックに大嶽丸が躓《つまず》いて、ふたりいっしょに転んでしまう。

「重いっ……しっかりして、立って！」

「……もういい」

「なに？」

「もういいっつってんだ！　おまえはあいつらに従え。命まではとられんだろ」

「はあ？　あんたさっきまで――」

「言うとおりだ。おまえは約束を守った。破ったのはおれだ。剣は抜けない。呪《しゅ》が効いているこの有様では、おまえの敵をぶっ飛ばせん」

大嶽丸の頬に黒髪が乱れ落ちる。それをかき分け、瞳を覗《のぞ》き込《こ》んだ。彼は涼音のほうを見ようとしない。

「……私がどうするか、なんであんたに決められなきゃなんないの」

大嶽丸の頬を両手で摑《つか》んで、こちらを向かせた。見えていなくともかまわなかった。

「お嬢さん、どうせ逃げられないぜ。ここは結界の中。いまならまだ不問に付してやる」

芦屋の言葉を聞き流しながら、大嶽丸の心臓に刺さった剣を両手で握った。全身に電流が走る。涼音の手を弾き飛ばそうというように、剣が反発している。

「おい、無茶だ莫迦」

大嶽丸が、涼音の手首を摑んで引き離そうとした。その手を振り払う。

「うるさい！　どいつもこいつも勝手なことばっかり！」

剣はびくともしなかった。手の平が焼けるように痛い。

「警察だかなんだか知らないけど、あいつの態度も気に入らないし！」

この剣も気に入らない。剣は発熱し、火花を散らし、涼音に抵抗している。

手の感覚がなくなっていく。

「あんたはあんたで、自分勝手でめちゃくちゃ偉そうだし！」

靴裏で大嶽丸の胸を押しやり、さらに強く剣を引っ張った。

「手が焼けるぞ」大嶽丸が呆《あき》れた口調で言った。

「昨日の今ごろは飛び上がりたいほどハッピーだったのに、次から次にっ」

こちらの意志を無視して、好き勝手なことをしてくれる。その中で、涼音の名を問うたのは大嶽丸だけだった。

不意に、鬼神の躰がびくりと震えた。

「なぜだ。そんなはず……」

わずかだが、剣が動いた。涼音のこめかみに汗が伝う。

「五月！　止めろ！」

芦屋の声にはじめて焦りが滲《にじ》んだ。

振り袖の女がこちらに向かって跳躍する。涼音は剣から手を離さなかった。

手の平に、火花が散る。千年前にこの剣で大嶽丸を貫き、いまはもう死んでいるはずの人間より、絶対に。絶対に、現在の自分の意志のほうが強い。絶対に。

「同じ腹立つ相手なら、私は、あんたを選ぶ！　大嶽丸！」

唐突に、剣の抵抗が消失した。反動で後ろに転げそうになった涼音の躰を、力強い腕が引き留める。

「でかした、涼音」

低い声が、吐息とともに耳を撫《な》でた。

大嶽丸の片腕に抱き寄せられて、涼音の足はほとんど床を離れている。いつの間にか長く伸びている彼の黒髪は、毛先にゆくにしたがって燃えるように赤く染まっていた。

身をよじると、間近に鬼神の横顔がある。

その目、その口、その肌が、圧倒的な生命力を放っていた。周りの空気を熱くさせるような煌《きら》めき。見ているだけでこちらの血まで沸騰しそう。

これが彼だ。鬼神、大嶽丸。

爛々《らんらん》と輝く金眼《きんがん》は、振り袖の女に向けられている。彼女が刀を振り下ろす。大嶽丸が刃先を素手で摑んだ。

薄い唇に獰猛《どうもう》な笑みが浮かぶ。獲物を見つけた、捕食者の笑みだ。どう叩《たた》き潰《つぶ》すか、それだけを考えている顔。負ける可能性など微塵も考えていない。

大嶽丸の指先が、いともたやすく刀を粉砕した。残った刀身をぐいっと引き寄せ、つられてバランスを崩した女を蹴り飛ばす。女は一直線に吹っ飛び、駅の階段に背中から衝突した。

「ははは！　呪が破れたな。よく見えるぞ！　なんだここは、洞窟か？」

「ど、洞窟じゃなくて……地下鉄の駅だよ」

「この分だと地上もさぞや様変わりしているだろうな。口を閉じておけ。舌を嚙《か》むぞ」

「わっ……ちょっと！」

軽々と肩に担ぎ上げられる。大嶽丸から抜いた短剣はまだ手の中にあった。剣身は千年放置されていたわりに錆《さび》ひとつない。

大嶽丸が床を蹴った。

「…………っ」

助走もタメもなく、身軽に跳躍した大嶽丸の下を、黄色いなにかが行き過ぎた。大嶽丸が宙で身を捻《ひね》る。涼音を抱えたまま。

目が回る。黄色い物体が反転して戻ってくる。見たことのない生きものだ。黄色い、ライオンほどの生きもの。

大嶽丸の片足が床につく。獣が向かってくる。その脳天に、大嶽丸は踵《かかと》を振り落とした。獣の頭部が床にめり込んで、タイルがひび割れる。長い尻尾がぱたりと床に落ちた。

静止した獣をまじまじと見て、涼音は呻《うめ》いた。

虎だ。動物園にいる、あの虎。

だがしかし、その背には鷲《わし》のような翼が生えていた。涼音の見ている前で、不思議な生きものはざらりと砂のように解けてしまう。

「おい、もう終わりか？」

大嶽丸の声は愉《たの》しそうだった。荒っぽいことをしているというのに、涼音を抱える手つきが慎重なのが意外だった。

「策があるなら早く出せよ。でないと」と言いながら、大嶽丸が床を蹴った。「殺すぞ」

次の瞬間、くぐもった音と同時に、涼音の躰にも軽い衝撃が走った。芦屋が殴られたのだと見なくても分かった。人ひとりが倒れる音と呻き声。再び振り上げられた鬼神の腕に、涼音は慌ててしがみついた。

「ストップストップ！　それ以上はほんとに死んじゃうでしょ！」

「死んだらまずいことがあるか？」

「おおいにある！」

「結界を破るなら、術者を殺《や》るのが手っ取り早い」

「手っ取り早くない方法でやって」

「ああ？　またおまえは七面倒くさいことを――」

振り返った大嶽丸と、その時はじめてまともに視線をかわした。

完全復活した鬼神の瞳はいっそう生き生きと輝いて見える。呪とやらはきれいに解けて、目も見えるようになったらしい。宝石のようなその瞳が涼音の顔を映し、そして、見開かれた。

「鈴鹿……」

大嶽丸の薄い唇からこぼれた音に、涼音は首を傾げる。

「私、苗字《みょうじ》って教えたっけ？」

背中に回った大嶽丸の手に力がこもった。

「――痛い痛い！　爪が刺さってる！」

抗議をこめて鬼を睨《にら》み、息を呑《の》む。

大嶽丸の目に滾《たぎ》っていたのは憤怒《ふんぬ》だった。純粋で圧倒的な、憤怒。

いままで向けられたことのない強い怒りを至近距離で浴びて、戸惑うより先に眩暈《めまい》に襲われた。次いで恐怖、が。

死。という言葉が脳裏をよぎる。

「は、なして……」

摑んでいた大嶽丸の腕を離し、押しやった。が、びくともしない。背中に、さらに深く爪が食い込む。

「鈴鹿」

「……だから、なに？」

金の双眸《そうぼう》がすっと細められたかと思うと、次の瞬間には涼音の躰《からだ》は宙を飛んでいた。

大嶽丸に投げられたのだ、と遅れて認識した。このままでは壁に衝突する。さっきの女のように。死ぬほど痛いか、痛くて死ぬか。

衝撃を覚悟して目を瞑《つぶ》る。

「六合《りくごう》！」

芦屋の声。

直後、ふわりとしたものが涼音の躰を受け止めた。握りしめていた短剣が手から落ち、高く澄んだ音がホールに響きわたる。

恐る恐る目を開けると、壁と涼音の間に白い綿の塊が挟まっていた。いや、うさぎだ。紅《あか》いつぶらな目のうさぎ。うさぎにしては巨大すぎるが。

不可思議な生物に感謝しながら、大嶽丸を振り返る。

「どういうつもり!? 死ぬとこだったんだけど!」

大嶽丸は腹を抱えて肩を震わせていた。笑っている。至極愉快そうに。顔を上げた鬼神の目は、昏《くら》くぎらついていた。

「いま、おれははじめて神仏に感謝している!」

大嶽丸が、乱れた黒髪をかき上げた。燃えるような金色の瞳が、涼音を射貫《いぬ》く。

「生きていてくれてありがとうな、鈴鹿。これでやっと殺せる! おれの手で!」

「は? な、なに……? なんで? 私、あんたになにかした?」

「千年前、おまえはおれを騙《だま》し、裏切り、殺した」

「それは私じゃない!」

心当たりはまるでない。千年前のことなど知らない。人違いで殺されるなんてまっぴらご免だ。が、逃げ場はなかった。

後ずさった涼音の背中を、いつの間にか隣に来ていた芦屋が押し返した。

「あんたが招いたことだ。逃げるな」

「そんなこと言われても……」

芦屋が「六合」と呼びかけると、巨大なうさぎが足元から飛び出し、大嶽丸の行く手に立ちはだかった。両者の間に文字通り火花が散って、同時に動きを止める。

「……っ、なんだこいつ!」

大嶽丸の眉が不快げに歪む。踏み出しかけた足が、宙に縫い止められている。見えないなにかに縛られているようだった。

「あのうさぎの力ですか？」

「そうだ。守りに徹せばちょっとは保つだろう。手持ちで一番強いのはさっき一撃でやられたからな。……五月！　いい加減起きろ！」

階段に倒れていた女が起き上がる。

「うう〜……、頭打ったあ。お尻も痛ぁい」

「終わったらなんでも好きなもん買ってやるから働け。このままじゃ全員死ぬ」

「やったあ！　なんでも？　なんでもって本当になんでも？」

階段に叩きつけられたわりには元気そうに駆けてくる。

「でもどうすんの？　正直、あたしじゃ力不足だよ。刀も折れちゃったしさあ」

「刀は折れたが剣はある」

芦屋が鈴鹿の剣を振って見せた。さきほど、涼音が彼に投げつけた剣だ。

「おい、そこの阿呆娘《あほうむすめ》」

「まさか私のことですか」

「ほかに誰がいる。おまえのせいで定時で帰れなくなっただろうが」

「それはその、すみません」

たしかにこの事態は涼音が招いたものだが、そもそも自分だって巻き込まれた側だ。と思ったが、口をつぐむ。

芦屋が神剣をくるくる回しながら続けた。

「おまえが持っていたこの剣と、鬼を封じていた短剣、元は同じ鉄で打たれた姉妹剣だ」

「えっ、似てるとは思ったけど……」

「あ～説明しても原理は分かんねえだろうから省くが」

足元に落ちていた短剣を拾い上げ、芦屋が続ける。

「とりあえず五月、こっちの短剣をどこでもいいからあの鬼に刺してこい。そしたらもう一つの剣で遠隔操作して調伏《ちょうぶく》する」

「はーい。…………痛っ」

剣に触れた瞬間、五月が弾《はじ》かれたように飛びすさった。柄に触れた指先から煙が立ちのぼっている。

「いったーい！　なにそれ、持てないよ！」

「……まじかよ。鈴鹿の剣、千年経《た》ってもこの威力か」

「なに？　鈴鹿の剣って、どういうこと？」

「説明は後だ。五月が駄目なら動けるのは一人。あんたがあの鬼に刺せ」

「は？」

押しつけられた短剣を反射的に受け取った。が、どう考えても無理だ。

千年前、騙して裏切って殺した女だと勘違いされているごくごく普通の女子学生が、どうやって激怒している鬼神に剣を刺せるというのだ。

「無理です」

「拒否権はない。悩んでる時間もない」

芦屋が顎をしゃくった先、大嶽丸を足止めしていたうさぎが半ば砂塵《さじん》になりかけている。

縫い止められていた鬼神の足が、ぐぐっと前へ動いた。

「言っておくが、俺に正義感というものは存在しない。だから最悪の場合は自分の命を優先する。俺がまだ一般人の命を考慮している間になんとかしろ。フォローは五月がする」

「嘘《うそ》だ。警察なんてやっぱり嘘だ」

足止めしていたうさぎがぱんと弾け飛ぶ。と、同時に大嶽丸が地を蹴った。

一瞬で眼前に迫った鬼へ、五月が斬りかかる。さっき大嶽丸に折られた刀だ。残った刀身も歪んでいる。

大嶽丸は片腕で白刃を受け止めた。狩衣《かりぎぬ》ごと腕が斬れて、ぱっと赤い血が噴き出した。

鬼の血も赤いのだ。噴き出る血が、まるで赤い霧雨《きりさめ》のようにあたりに降った。

五月の藤模様の振り袖がまだらに赤く染まる。その、翻る袖を、

「邪魔だ」

血に濡《ぬ》れた腕で大嶽丸が摑《つか》んで、床に叩《たた》きつけようとする。五月はそれを身を捻《ひね》って受け流した。

割って入る余地がどこにあるのか。一歩動いた瞬間に殺されそうな気がする。短剣を握りしめる涼音の目の前で、大嶽丸と五月の位置が目まぐるしく入れ替わる。

五月のほうが劣勢なのは涼音の目にも明らかだった。多少斬られても大嶽丸は意に介していないし、折れた刀は鬼に届くには短すぎる。険しい表情の五月に対し、大嶽丸は愉しそうでさえあった。

久しぶりに動けることを愉しんでいる。自らの四肢を堪能《たんのう》している。

こんな時なのに、殺されるかも知れないのに、それでも。

「なんて……」

その先は言葉にならなかった。美しいという言葉で片づけるには荒々しすぎたし、綺麗《きれい》というには凶悪すぎた。腰まである長い黒髪は毛先が赤く色づいて、炎が踊っているよう。金の瞳が潑剌《はつらつ》と輝き、きらめきの残像が、暗闇の花火みたいに軌跡をひいていた。

涼音が立ちすくんでいる間に、五月の劣勢はいよいよ濃厚になっていく。大嶽丸が彼女の頭を片手で摑み上げた拍子に、ひしゃげた刀が手から落ちる。

「ちょこまか動きやがって。足でも折ってやろうか」

「平安生まれの鬼は、粋じゃあないねえ」

五月の乱れた黒髪の間に、弧を描く赤い唇が見えた。と思った直後、ぐにゃりと女の輪郭が歪《ゆが》み、溶け、変容し、大嶽丸を呑み込んで膨らんでゆく。

振り袖姿の艶《あで》やかな美女は、あっという間に巨大な骸骨に変化《へんげ》した。

その骸骨の巨大な両手が、大嶽丸をがしりと握りしめる。

昨日から、目に映るのは信じがたい光景ばかり。涼音の常識は揺らぎっぱなし。

「早くしな！」

骸骨から放たれた五月の声に、我に返る。

短剣を握り直し、構え、走った。が、剣先が届く寸前、拘束していた骸骨の両手がバラバラと崩れる。あたりに散らばった骨を大嶽丸が蹴散らした。

涼音は蹈鞴《たたら》を踏んで後退した。それ以上の速さで大嶽丸が迫ってくる。

「あんた、絶対勘違いしてるから！」

せっかく取り戻した視力で、なにを見ているのか。

ここにいる涼音自身を、大嶽丸はまだ一度も見ていない。

「それ以上こっちに来たら、刺すからね」

「やってみろ」

構えた剣先をものともせずに大嶽丸は無造作に歩いてくる。背中が早くも壁にぶつかる。

これ以上下がれない。剣先があと少しで到達するという時、躊躇《ちゅうちょ》したのは涼音のほうだった。わずかに引いてしまった剣身を、大嶽丸が引き止め、頭上に引き上げた。

剣は大嶽丸を拒絶し、バチバチと火花を散らせる。が、彼は構わず、涼音の両手ごと壁に押しつけた。金の瞳が瞬《まばた》きもせず、涼音を映していた。

「なぜおれに嘘をついた」

「嘘をついたのは、私じゃない」

「おれはあの日、おまえを待っていた」

「私じゃないってば！」

涼音ではない。彼の目に映っているのは自分ではない。

剣を摑んでいる大嶽丸の手から血が滴っている。涼音の頰を叩く赤い滴は、熱い。

それがなぜか、涙に思えた。大嶽丸の。駄々をこねる子どもと一緒だ。彼の「なぜ」に答える者はない。涼音は彼が求める「鈴鹿」ではない。大嶽丸の望みは叶《かな》わない。

「……なぜ、そんな顔をする」

不意に、大嶽丸が不思議そうな顔で呟《つぶや》いた。

「そんな顔って、どんな顔？」

鬼神の瞳が揺れた。戸惑うように。剣を摑む鬼の手が緩み、柄を握ったままだった涼音は、意識することなく短剣を振り下ろしていた。

「あ」

さくり、と。ほとんど抵抗なく刃がそれを斬った。

それ――つまり、鬼の角を。驚いて、思わず剣から手を離してしまう。

「え。……あ、あれ？　これって、どうしたら……」

転がり落ちた角は、涼音の手の内に収まった。これは「刺した」判定に入るのか、と芦屋の姿を探した時。

「返せ！」と大嶽丸の声。

「渡すな！」と芦屋の声。

二つの声が馬車道駅のコンコースに反響した。

「死んでも渡すな！　片角ならどうにかなる！」

大嶽丸の手が伸びてくる。後ろは壁。手の中には鬼の角。

束《つか》の間《ま》、涼音の頭が真っ白に染まった。

手の中の角を、目の前の鬼神に渡さない方法――……

気づいたときには、手が勝手に動いていた。親指サイズの角はきれいな弧を描き、涼音の口に飛び込み、飲み下され、喉から食道を伝い落ちた。

「な……」

絶句する大嶽丸の両頬を、勢いよく両側から挟み込んだ。バシン、と強烈な音を立てた頬を引き寄せる。

見開かれた金の眼《め》に自分が映っていることを確認して。

「私の名前は、鈴鹿涼音。千年前、あんたがだれにどう裏切られたかなんて知ったこっちゃないの。私は、あんたとの約束を守った。あんたはどうなの、大嶽丸」

「おれは――……ぐっ」

大嶽丸が顔をしかめたまま突如固まった。

硬直する大嶽丸の頭上に巨大な骨の手が伸びる。後ずさった涼音の目の前で、骨の手が大嶽丸を叩き伏せた。

「そこのゲテモノ娘！」

一人だけ安全圏に逃れていた芦屋が、百円ライターをカチカチさせながら歩いてくる。

「鬼の角なぞ食うやつがあるか」

「おれにっ、なにしやがったこの糸瓜《へちま》野郎！」

骸骨の手の下で、大嶽丸が吠《ほ》えた。

芦屋はそんな大嶽丸を一瞥《いちべつ》し、火のついていない煙草《たばこ》で欠けた角を指した。

「鬼の角は経絡《けいらく》……力の流れの要だ。予定と少々違うが、きみの体内の角を錨《アンカー》にして呪縛している。なんでもいいからこの鬼に新しい名を与えろ。その名の下に調伏する」

「えーと、専門用語を抜きに説明してもらえます？」

「生きものを飼ったことは？」

「……タニシなら」

「……もうちょっと、意思の疎通が期待できる生きものをイメージして、それに適当な名をつけろ。俺が手助けして、こいつをその姿に縛る」

説明しながら、芦屋が胸ポケットからしわくちゃの紙切れを出した。透けるほど薄い和紙に、朱色の線がのたくっている。

一筆箋サイズのそれを手荒に伸ばして、涼音の眼前に突きつける。

「ほら、決めたか」

「そんな急に言われても」

「大動物はやめとけよ。文字通り、飼い犬に手を噛《か》まれるのはご免だろ？」

「そもそも飼いたくないんだけど……」

「早くしてくれ、調伏が終わらないと吸えないんだよ」

芦屋はくわえた煙草に今にも火をつけそうだった。ライターの点火音が涼音を急《せ》かす。

「あの、いまさらですが、ちょうぶくってなんですか？」

「陰と陽の気を調え、降伏させる、それで調伏。調えて伏せる」

「……殺すわけじゃないんですね」

「できればそうしたいけどな」

芦屋のため息を聞いて、ほっとしている自分がいる。

先刻殺されかけたというのに、それでも、大嶽丸の命が奪われるのは見たくなかった。関われば面倒なことになるのは間違いないのに、放っておけない自分がいる。目が合うと、大嶽丸は口をへの字に曲げた。

「そいつと結託しておれをはめやがったな。けっ、よぅく見たら、たしかに鈴鹿にゃ似てないな。あいつはもっと……色っぽかった」

「………」

涼音はビシッと親指を立てた。もちろん、下に向けて。

「あんたの名前はいまからタケマル！　あんたに大はもったいない！」

「………っ」

言い終わるか否かのうちに、鬼神の躰《からだ》がぐにゃりと歪んだ。芦屋の札から朱の文字が浮き上がり、大嶽丸の首にするすると巻き付いていく。

それは、瞬く間の変化。

瞼《まぶた》を落とし、そしてまた持ち上げる。その一瞬のあいだに、大嶽丸の姿は消《き》え失《う》せ、代わりに一匹の猫が現れた。朱色の首輪がついた、片耳の欠けた漆黒の猫。

きょとんと見開かれた瞳は、眩《まばゆ》い金色。

呆然《ぼうぜん》と見つめ合う涼音と黒猫をよそに、芦屋がぐぐっと大きく伸びをする。

「あー、終わった終わった。これでやっと一服できる。……五月、大丈夫か？」

いつの間にか巨大な骸骨から振り袖姿に戻った五月が手を挙げて応える。そちらへ視線をやった涼音が、「あ」と声を上げた。

「いなくなってる」

倒れていたはずのバール男が、いなくなっている。

「どこに——」

と、探しかけた涼音の後ろから手が伸びた。

後ろにいる、と認識したが、躰の反応が追いつかない。

「呼べ、涼音！」と鬼神の声。

「……っ、大嶽丸！」

男の手が涼音の喉元に届く寸前。

しなやかに跳躍した黒猫は空中で変化し、目にも止まらぬ速さでバール男を蹴り飛ばした。宙を飛んだ男が、床に叩きつけられる。

振り向いた大嶽丸がにやりと笑った。

「今度こそ、しっかりぶっ飛ばしてやったぜ？　約束は守る。おれは鬼だからな」

憎らしいほどの笑顔でそう言って、長い眠りから醒《さ》めた鬼はふと、小首を傾《かし》げた。

「……おまえ、本当にちょいと薄すぎやしないか」

訝《いぶか》しげに眉をひそめ、おもむろに涼音の躰を両手で摑《つか》んだ。

「千年経《た》つと女の肉づきも様変わりするもんだな」

「タケマル、猫に戻んなさい」

「ぐえっ……っ、おい助けてやっただろうが！」

名を呼んだ瞬間、鬼神はたちまち猫に戻った。涼音の服に爪をひっかけてぶらさがっている黒猫を、片手でひょいと持ち上げる。

中身が大嶽丸というのが気に食わないが、外見はかわいいと言えなくもない。

「……よーしよし」

「馬っ鹿野郎！　撫《な》でるにゃ……」

「あ、猫だから？　猫だから『にゃ』？　安易な噛み方～」

「くっそぉおおお!!　覚えてろよあとで絶対泣かせてやる！」

「猫になってもうるさい！」

短い付き合いになりますように。

暴れる黒猫の、まるで痛くない肉球パンチを頂戴しながら、涼音は心からそう願った。

二章　この世界の天秤《てんびん》は初めから傾いている

どんなに非常識な日曜日を過ごそうとも、たとえそれが、生命の危機を感じるような日曜日であっても、月曜日は容赦なく来る。驚いたことに。

「ただいま。はあ、疲れた……本当に」

だがしかし、すでに自宅も心安まる場所ではなくなっている。なぜなら、

「おまえ、なんだその格好は。人足《にんそく》か？　大仏造営にでもかり出されてるのか？」

ツナギ姿のまま居間へ顔を出した涼音《すずね》を、口の悪い黒猫が出迎える。げんなりしながら、黒猫の金の眼を見返した。

「人足でも大仏造営でもない。ただの大学帰りです。あっ、そうだ、釣り部の人から魚を巻き上げ……じゃなくて、好意でいただいてきたよ」

「おれを猫あつかいするな！」

「だって猫じゃん！」

どこからどう見ても完璧な猫が、「吾輩は猫ではない」と尻尾を立てて抗議している。その様を冷ややかに見下ろしながら、涼音はクロダイが入ったビニール袋を振った。

「ああそう。私は塩焼きにして食べるけど、タケマルは要らないわけ」

「食わないとは言ってない。それからおれの名は大嶽丸《おおたけまる》だ」

「はいはい」

「おれへの雑な態度、そのうち後悔させてやるからな」

「あんたを拾った後悔なら、もうとっくにしてるけどね」

この鬼はたった今まで縁側の座布団で優雅に寝ていたに違いない。西日の当たる座布団は、猫一匹分くぼんでいる。

涼音の格好を上から下まで見やった黒猫が、ふんと鼻を鳴らした。猫という生きものに対して、こんなに憎たらしい気持ちを抱いたのは初めてだった。

「おまえなあ、もうちっと見てくれに気をつかいやがれ。白米が食える身分なら、それなりの着物のひとつやふたつあるだろうが。身なりを整えりゃ、顔は似てるんだから……」

「…………」

誰に？　と尋ねる代わりに、涼音は首から提げていた笛を一吹きした。音は出ない。が、黒猫は「ぎゃあ」と鳴きながら転げ回る。

「へえ、猫の姿の時に吹くとこうなるのか」

「くっそ～、面白半分でそんなもん吹くな！　この鬼娘っ」

「面白半分じゃなくて本気で吹いてるの」

腹立ちまぎれにもう一度笛に息を送り込んだ。涼音には聞こえない笛の音に反応して、大嶽丸が毛を逆立てる。

——一つ吹けば姿を縛り、二つ吹けば戒めとなる。

笛は昨日芦屋《あしや》に渡されたものだった。その時のことを思い出すと、ため息が出る。


嵐のような日曜日の終わり。

黒猫に封じられてしまった大嶽丸をげんなりした気持ちでつまみながら、涼音は馬車道駅の吹き抜けホールに立っていた。結界のおかげで、辺りは無人だ。

芦屋が吐き出した煙草の煙が、猫のひげを揺らす。

「あーあ、面倒ごとを増やしてくれやがってまあ……。どう説明すんだよこれ。事後処理クソ面倒くせぇ」

「スミマセン」

頭を下げた涼音をじろりと見下ろし、芦屋は諦めたように紫煙を吐く。

「せいぜい反省してくれ。記憶をいじられたくなかったら、今度こそ大人しくしとけ」

「……もしかして、最初に剣を渡して引き下がってたら」

「今回のことは一切なかったことにしてたな」

「うわあ」

一連の騒動がなかったことになるならありがたいが、引き換えに神剣と記憶を失うのは嫌だ。たとえ迷惑な鬼神を押しつけられることになっても。

「で、お嬢さん、あんたの名前と住所は？」

「その前に警察手帳とか見せてくださいよ」

「だぁから忘れたって言ってんだろ」

「だからこっちだって信用できないって言ってんですよ！」

今回の一件で、涼音の警戒心は強くなっていた。またなにか、別の非日常に巻き込まれるのはご免だ。自分の両手はすでに大嶽丸一匹で塞がっている。

涼音と芦屋が不毛な睨み合いを続けている向こうで、五月《さつき》が紺のパスケースを掲げた。

「免許証見つけたよ〜、名前は鈴鹿《すずか》涼音。……芦屋と違って優良ドライバー」

「ちょっと！　勝手にひとのもの触らないでください！」

「鈴鹿？」芦屋がわずかに目を瞠《みは》って、すぐに首を振った。

「五月、番号控えとけ。もう観念しな。どうせ国家権力からは逃げらんねえから」

悪人のセリフだ。これ以上抵抗しても無駄なのをさとって、涼音は肩を落とした。

「あんたの剣も、いったん預かって調べさせてもらう。なにか分かりしだいこっちから説明に行く。しばらく大人しくしておけ。逃げようなんて考えるな。無駄だから」

「…………」

たまたま遭遇した大嶽丸の首ひとつが、まさかこんな、公安警察に繫《つな》がるなんてあんまりだ。これまで品行方正な一市民として慎《つつ》ましく生活してきたというのに。

「言うとおりにしてりゃ悪いようにはしない。たぶんな。ほら、いいもんやるから」

警戒心丸出しの涼音には構わず、芦屋が小さな笛を差し出す。

「なんですか、これ」

小指ほどの小さな笛だ。穴は一つ。鼻先へ持ってくると、わずかに竹の香りがする。

「調伏した本人、つまりおまえが『大嶽丸』と真名を呼べば、こいつは元の鬼の姿を取り戻す。そうなっても術者なら相手を拘束できるが、あんたは素人だ。この笛は……一つ吹けば姿を縛り、二つ吹けば戒めとなる。ようは、猫に戻したい時に吹けばいい」

「さっきは戻れって言ったら戻りましたけど」

「俺が手を貸したからな。いいか、笛の名を〈破二つ《はふた》〉。稀少《きしょう》なもんだ。なくすな、壊すな、あと売るな」

売ったらいくらになるのか、一瞬よぎった考えを涼音は頭から追い出した。見てくれはなんの変哲もない竹の笛だ。ネットオークションに出してもたいした値はつかない。

「この鬼が本当に大嶽丸で、あんたがあの鈴鹿の系譜なら、話はちょいとややこしい」

「あの、タケマルも言ってましたけど、鈴鹿っていったい……」

「俺よりそいつにきけ」

芦屋の視線を避けるように、大嶽丸が顔を背けた。

「調査はこっちでする。何か進展があれば知らせる。それまでその猫、ちゃんと飼えよ」

「え、私がですか？」

「ペット不可物件か？」

「そういうわけでは……。でも私、この鬼に殺されかけてるんですけど」

「だから、貴重な笛を貸してやったろ」

大嶽丸はだんまりを決め込んでいる。

「ま、せいぜいがんばれ」

投げやりに締めくくり、芦屋と五月、それからバール男は、結界とともに姿を消した。

○

結界の効果がなくなった途端、あたりに平和な光景が戻ってきた。大嶽丸が破壊したはずの駅は元通り。壁の穴も、蹴り飛ばした金庫の扉も、元通り。器物破損はなかったことになっている。

すべて白昼夢でしたといって片づけられないのは、抱えた黒猫のせい。

と、その黒猫に注がれる通行人の視線にハッと我に返った。慌てて散らばった荷物とともに猫をリュックに押し込んで、そそくさとその場を後にする。

地上に出ると、すっかり夜になっていた。

一難去ってまた一難。片づけた面倒ごと以上の面倒が降りかかってきたのを感じながら、鬼神入りリュックを背負って帰途につく。

二時間かけて夜の国道をスーパーカブで走りきり、疲労困憊で玄関に倒れ込みながらリュックを開けた途端、飛び出した黒猫は廊下の先へ姿を消した。一夜明けた朝も姿を見せなかったので、しかたなく水とカツオ節ご飯を置いて涼音は家を出たのだ。

このまま猫として扱ってやろうか、と思いながら帰ってみれば、何事もなかったように悪態をつき始めるわ、カツオ節ご飯はきれいに平らげているわで……。

腹は立つものの、おとなしい大嶽丸というのも逆に気持ち悪い。

「ねえ、買いもの付き合ってよ」

「この躰《からだ》でなにをどう手伝えっていうんだ」

「約束したでしょ、……大嶽丸」

その名を、呼べば。

黒猫の輪郭がぐにゃりと歪《ゆが》み、崩れ、ひとの形に再構築される。

変化《へんか》は一瞬。涼音の視界を覆うほど間近に現れたのは、緋色《ひいろ》の狩衣《かりぎぬ》をまとった鬼神。異様なほど均整のとれた躰の中で、片方の角の欠如がいっそう目につく。

「あ、よかった。服着てるんだ」

金の双眸《そうぼう》は、驚いたように一度瞬《まばた》き、そして不機嫌そうに歪んだ。

「やっと呼びやがったな！　なんでおれが猫なんぞにされにゃあならん！」

「あんたが暴れまくったからでしょ。いい？　変なことしたら、笛吹いちゃうからね」

「ほう、変なことってなんだよ」

にやりと口角を上げた大嶽丸の手が、涼音のほうへ伸びてくる。

「壁を引っかくとか、障子に穴を開けるとか」

「……だぁから猫じゃねえってんだ。けっ」

指先が涼音の頬に触れる直前、大嶽丸は興味を失ったようにふいっと顔を背けた。その胸元に服を押しつける。

「はいはい。猫じゃないなら、これに着替えて」

「なんだよ、これ」

「父さんの服。ちょっと樟脳《しょうのう》くさいけど我慢して。その格好じゃ出かけられないでしょ」

「人足姿《にんそくすがた》が板についたやつの選ぶ服は、おれはいやだね」

「失礼な。今日のツナギは比較的新しいし、穴も開いてないのに」

「新旧の問題じゃない。……いいか、おまえが着替えるなら、おれも着替えてやる」

どうして自分まで着替えなくてはいけないのかと思ったが、スーパーのタイムセールが迫っている。結局二人とも着替えて、夕暮れの商店街へと繰り出した。

白い綿のシャツに色あせたジーパンというこの上なくシンプルな格好なのに、大嶽丸の姿は人目を惹《ひ》いた。一つにまとめた長い髪が背中で揺れ、赤く色づく毛先は、夕闇の中でも一際鮮やかだ。

すれ違うひとの視線を感じる。一緒に歩いて、ご近所で噂《うわさ》になったらどうしよう……と、また余計な悩みごとが生まれてしまった。

そんな涼音の気も知らずに、大嶽丸は目にするものすべてに興味津々で落ち着きがない。角を隠すためにかぶせたキャップのつばの下、金の瞳があちこちに向いている。

千年のブランクがあるのだからしかたない、と分かってはいるのだが、

「この地面はなにでできている」だの、「頭上のたくさんの紐《ひも》はなんのためだ」だの「道行く人間が持っている小さな板はなんだ」だの、矢継ぎ早に質問されるとだんだん答えもおざなりになっていく。

「これはアスファルト。成分はよく知らない」「あれは電線。原理はいまいち知らないけど、電気を流してる」「みんなが持ってるのはスマートフォン。略してスマホ。いろいろできる。調べものとか」などと杜撰《ずさん》な返しになってもしかたないだろう。

「まったく分からん。学府なんぞに行ってるくせに全然ものを知らねえ」

「自分で調べてよ。私が大学行ってるあいだどうせ暇でしょ？」

「暇とはなんだ、暇とは。天下無二の鬼に向かって」

「千年前の話じゃん」

「おれはいまだって最強だ」

「はいはい。じゃあその最強の力を使ってたくさん荷物を持ってね」

地元の商店街のことを、涼音は隅々まで知り尽くしている。どこで何を買えば最も安く済むか計算し、どのルートが一番効率よく回れるかも日々シミュレートしている。

というのに、この日は想定の倍の時間がかかった。もちろん、原因は隣の鬼神にある。行く先々で、初めて見るものに興味を示す大嶽丸に質問攻めにされ、顔見知りの店員からの「彼氏？」という冷やかしを適当な嘘《うそ》でかわし、スーパーでは気づくと大嶽丸がカゴに入れている不要な品を売り場へ戻し……

「買い物に百年かかるかと思った！」

商店街を脱出した時には、涼音は疲れ果てていた。一方、大嶽丸は重いエコバッグを両手に軽々と提げ、さらに一〇キロの米を肩に担ぎながら平然としている。

「おまえ……おれが見繕ったもんを端から戻しやがったな」

「あったりまえでしょ。塵《ちり》も積もれば山になるの。今日の一円が未来の一万円なの」

「贅沢《ぜいたく》させてやるって言ったら断っただろうが」

「あんたの場合、どうせどっかから盗んでくるんでしょ？　犯罪はお断り。いつか臨時収入があったら、一つくらいは買ってあげるってば」

「湯を注いだら食べられるやつとか、氷の塊とか……」

「カップ麺にアイスね、はいはい、安売りの時にね」

「みみっちい」

ぼそりと呟《つぶや》かれた言葉に、反射的に足が出た。手が塞がっている大嶽丸の膝裏に蹴りをお見舞いしたが、びくともしない。

「……タダ飯食らい」

「なんだと」

「ま、いいや。今日は卵を安く買えたから！」

そう、おひとりさま一パック限りの卵が、かなり安くなっていたのだ。ふたりで二パック。大嶽丸の存在が初めて役に立った瞬間である。

「どうしようかなあ。半分はゆで卵にして、何個かは味玉にして〜」

卵のことを考えたら、途端に気分が良くなってくる。

「ああ、久しぶりにだし巻き卵もいいなあ。オムレツ、オムライス、二色そぼろ」

「着物より食い物か。しようもない女だな」

当たり前だと口を開きかけ、言葉を呑んだ。大嶽丸が、予想外にやさしい顔をしていたから。瞬きするうちに消えてしまう、束《つか》の間《ま》の表情。

なにが鬼神の心を和ませたのだろう。卵か。卵料理が好物なのかも知れない。

平安時代に味玉はなかっただろう。超絶においしい味玉を作って驚かせてやろう。

そんなことを考えているうちに、気づけばもう家のそばだった。角の向こうを覗《のぞ》いてから曲がる涼音を見て、大嶽丸が「なにをしている」と訝《いぶか》しむ。

「前方確認」

一昨日の事件のせいで、曲がり角が怖い。わざわざ一度帰宅し、大嶽丸を鬼に戻して連れ出すくらいにはトラウマになっている。

早く克服しなくては。

きっと大丈夫、そうそうあんな事件が起こるはずがない、と自分に言い聞かせながら次の角を曲がった瞬間。

勢いよく飛び出してきた人間に突き飛ばされ、涼音はよろけた。相手はそのまま振り返ることもなく、猛然と駆け去っていく。

突き飛ばされた涼音を片手で受け止めて、「物騒だな」と大嶽丸が息を吐く。同感だ。

曲がり角の向こうが安全だなんて、もう二度と信じない。

「……うちの近所の道は暴走人間ロードになったわけ？」

涼音がぶつかっても大嶽丸は微動だにしない。だが、買い物袋の中身はそういうわけにはいかなかった。身をよじった瞬間、何かが潰れる音と感触が背中に伝わってくる。

大嶽丸が提げている袋の中を覗き込んで、涼音は呻《うめ》いた。

「……嘘でしょ？　私の卵が！　えっ、そんな……一パック全滅？　味玉計画が……！」

「おい」

項垂《うなだ》れる涼音の顎を大嶽丸が摑《つか》み、乱暴に上向かせる。身を引いたが、その手はびくともしなかった。引き寄せられた胸元に、大嶽丸の鼻が近づく。

「なっ、なに？」

「血の匂いだ。……おまえのじゃない」

自分の躰を見下ろして、涼音は息を吞んだ。パーカーにべっとり血がついている。

「血って落とすの大変なのに！　……いや、そうじゃない、そうだけどそうじゃなくて……事件じゃん！」

面倒なことになってきた。ぶつかった人物の姿はもうとっくに見えない。

「いつからうちの近所はこんなに物騒になったの。おかげで卵が台無し。パーカーだって、これしかないのに……」

ため息をつく涼音を見下ろし、大嶽丸は気のない様子で鼻を鳴らす。

「卵や服のひとつやふたつで大げさな……」

「ああそう。じゃあもうあんたには味玉作ってやらない」

「どうしてそういう話になる。おれはおまえが……」

「私が？　なに？」

間近で目が合った。こんな身長差で睨《にら》んでもあまり威力はないだろうに、先に視線を逸らしたのは大嶽丸のほうだ。

「………その顔でおれを見るな」

「誰と似てるか知らないけど、私は私の顔であんたを見る」

黙ってしまった大嶽丸を置いて、涼音は近所の交番に今しがた遭遇した人物について報告した。パーカーは証拠品ということで引き取られ、二度と帰ってこなかった。

○

週末の午後のこと。涼音は居間で二人の男と小さなちゃぶ台越しに対面していた。

一人は芦屋で、今日はきちんとスーツ姿だった。が、くたびれた雰囲気は変わらず、どう贔屓目《ひいきめ》に見ても国家公務員には見えない。座布団に座るなり胸ポケットに手を入れたのを見て、「この家は禁煙です」と告げたら、舌打ちが返ってきた。

助けてもらったという事実がなければ、即刻追い出していただろう。

芦屋と連れだってやってきた男は、土御門《つちみかど》と名乗った。

警視庁公安部公安機動捜査隊特殊捜査班（早口言葉かと思った）の課長代理で、階級は警部らしい。「警部」がどれくらい偉いのかよく分からないが。

「すみませんね。課長はいま長期任務で不在なんです。終わりしだい挨拶に来させます」

「いえ、そんな……お気遣いなく」

お辞儀をするだけで絵になる人間がこの世にはいるのだ。土御門はそういう男だった。全体的に色素が薄く、無駄なものは生まれる前に置いてきたみたいな容姿をしている。怜悧《れいり》な目が冷たい印象を与えないのは、その柔和な表情のせいだろう。常に淡い微笑が頬に浮かんでいる。

野菜で例えるならホワイトアスパラガスだな、と涼音は総括した。

土御門と芦屋が並ぶと、いよいよ警察官には見えない。百歩譲って、警察官と犯人か。

「ところで」、と土御門が居間を見回しながら尋ねた。「件《くだん》の鬼はどちらに」

縁側に目をやると、眠りこけていたはずの黒猫がいない。雑巾をかけている最中、いくら邪魔だと言っても頑《かたく》なにどかなかったくせに。

「探してきましょうか」

土御門は笑顔のまま首を振った。

「まだ結構です。先に、貴女《あなた》とお話しさせていただきたかったので。……芦屋は説明不足だったでしょう？　質問があればそれも私が承ります。芦屋が何か失礼をしていたら」

「してねえよ」芦屋が口を挟む。

「したでしょうから、それについても、上司である私から謝罪させていただきます。うちの部下が失礼をいたしました」

「してねえって言ってんだろうが」

悪態をつきながら、芦屋はちゃぶ台の上の湯呑みに手を伸ばし、「この暑い日に熱い茶か」と文句を垂れる。

涼音が無言で土御門を見ると、困ったような笑みが返ってきた。

「芦屋のこと、警察官っぽくないと思ったでしょう」

「はい」

自分でも驚くほど声に力がこもってしまった。芦屋がこちらを睨んでくる。

「芦屋は外部からの出向なんです。特例で。僕は正規の公務員です」

「外部？」

「うちは少々事情が特殊な部署でして。存在自体秘匿されていますし、内部でも認知している者は少ない。担当するのは、貴女も先日遭遇したような、普通の捜査方法では解決できないような事件です」

「鬼退治、とかってことですか？」

「ええ、まあ、そんな感じです。うちの課の前身は陰陽寮《おんようりょう》でして。陰陽寮は明治に入って廃止されましたが、在野で細々活動していたんです。それが、まあいろいろあって今は公安に。仲間内では陰陽課《おんようか》と呼ばれることが多いですね」

「おんよう？　おんみょうではなく？」

「ああ、江戸時代まではおんようが正式な読み方だったんですよ。そういうことにうるさい輩が多くて……。で、芦屋はこれでも一応、術士としては優秀なので、無理を通して出向という形で協力してもらってます」

「人手不足なんですね」

「そうなんですよ。芦屋を首にできないくらいには」

「俺の話はどうでもいい。本題をさっさと話せ」

「わかってますよ。えーと、お預かりしている鈴鹿さんの剣ですが、あれは文献に残る、三明《さんみょう》の剣《けん》の一振りだろうと思います」

「さんみょうのけん？」

聞いたことのない言葉だった。おそらく、両親も知らなかっただろう。

「三ってことは、あと二振りあるということですか？」

「ご明察です。三明の剣はそれぞれに名が与えられています。大通連《だいとうれん》・小通連《しょうとうれん》・顕明連《けんめいれん》。とある伝説において、鬼神大嶽丸を討ち取った剣と伝えられています」

「大嶽丸を……」

「彼の躰《からだ》を貫いていたのも、同じく三明の剣の一振りでしょう。まだ断定できませんが、おそらく鈴鹿さんの家に伝わっていたのが顕明連、大嶽丸を封じていたのが小通連。伝説上のものと思われていましたが……剣と一緒に、貴女が現れた」

「私？」

土御門がすっと目を上げた。真っ正面から視線が合ってしまい、逸《そ》らせなくなる。頬には変わらず淡い微笑が浮かんでいるが、心からの笑みなのか涼音にはわからなかった。

「そうです、鈴鹿涼音さん。三明の剣の持ち主とされているのは鈴鹿御前《すずかごぜん》。その剣が伝わる鈴鹿家というならば、貴女が鈴鹿御前の血脈である可能性は高いと思われます。実際、大嶽丸の封印を解いていらっしゃいますし」

詳しいことはまだ調査中である、という土御門の声が耳を素通りしていく。にわかには信じられない。

鬼退治なんて伝説自体、リアルではない。しかも、その伝説の主役が自分の先祖かもと言われてもピンとこない。

平安時代の先祖なんて、もはや他人である。たとえ、大嶽丸がうっかり、涼音の顔を鈴鹿御前という女と見間違えたとしても。

すっかり冷めてしまったお茶を喉に流し込み、涼音は言った。

「それが事実だったとしても、いまの私には関係ありません。伝わっているのは剣だけで、私にはなんの力もないですし。知りたいのは、そちらが大嶽丸をどうするつもりかってことと、私の剣を返してくれるのかってこと、あとはあのバール男……私を襲った男が何者だったのかってことくらいです」

剣は返して欲しいし、せっかく助けたのだから大嶽丸にはできれば生きていて欲しい。たしか涼音にはどうも、大嶽丸が退治されなくてはならないほど悪いやつには思えない。たしかに誤解で殺されかけたけれども。

いや、あの時だって、大嶽丸が本気だったら一瞬で殺されていたはずだった。どういうつもりだったのか、彼の本心は分からない。でも、大嶽丸が再び封じられるのはなんだか嫌なのだ。もっとも、いまだって半分封じられて猫にされているわけだが。

「先に、お尋ねの件に答えましょう」と、土御門が言った。「鈴鹿さんを襲った男は拘留中です。ただ、彼も操られていただけのようで、何も覚えていないようです」

「え。ってことは、首謀者は捕まってないってことですか？」

「残念ながら。宇治《うじ》の平等院《びょうどういん》から大嶽丸の首を盗み出した実行犯はあの男です。ただ、彼がどこへ首を運ぼうとしていたかは分からない。記憶も消されてしまっている。協力者についても。……うーん、どこまで話せるかは、貴女の選択次第になりますね」

「選択？」

「土御門、いちいち回りくどいのもいい加減にしろよ。要件をさっさと言え。こっちは暇じゃないんだ。おまえはどうだか知らねえけど」

芦屋が煙草《たばこ》ケースを弄びながら口を挟んだ。本音は「早く煙草が吸いたい」だろう。

土御門が子どもっぽく口を尖《とが》らせる。

「僕にだって用意してきた順序があるんですぅ。せっかくなんだから聞いててわくわくするほうがいいでしょう?」

「あの、お気遣いはありがたいですが、私、わくわくはいりません」

「そうですか?」土御門がつまらなそうに眉を下げた。

「じゃあ本題。提案です、鈴鹿涼音さん。陰陽課でアルバイトしてみませんか?」

「は? アルバイト……って、え? 公安で? そんなことあり得るんですか?」

「あり得ねえよ、普通は」

「陰陽課は特殊なので、必要とあらば認められます」

「認めさすんだろ」

「芦屋うるさい。でもまあ、その通り。僕が認めさせます。鈴鹿さんさえ良ければ」

「私は……お役に立てません。鬼退治なんて、無理です」

「貴女だけでは無理でしょうが、大嶽丸がいます」

土御門が言った。淡い微笑を浮かべながら。

「大嶽丸は貴女が調伏した。彼は、鈴鹿さんに逆らえません」

「がんがん逆らってますけども」

ふふふ、と土御門が上品な笑みをこぼした。口元を隠した指は長く、モデルみたいだ。

「彼は、本当の意味では貴女に逆らえませんよ。名の呪《しゅ》で縛り、かつ、片角を失った。しかもその角は貴女の中に錨《アンカー》として存在している。あまり離れることもできないはず」

改めて言葉にされると、なんだか罪悪感がわいてくる。再び封じられるのを見ていられず手を出した結果、今度は自分が大嶽丸を縛っている。

「でも、やっぱり公安でバイトというのは……」

すでに大学と普通のバイトで忙しいのだ。金輪際、余計なトラブルに遭遇したくない。

土御門の笑みが深くなる。嫌な予感がした。

「断られても結構ですが、その場合は鈴鹿さんには今回の一件のことを忘れていただきます。剣に関しては、呪具として大変危険なものなので、心苦しいですが接収せざるを得ません。また、大嶽丸については当初の予定通り再度封印し直します」

「それは……」

脅しだ。すがすがしいほど開けっぴろげな脅しである。

見てくれに騙《だま》された。やっぱり芦屋の上司だ。土御門もまともな警察官じゃない。

交渉しようにも、涼音には差し出せるものがなかった。いや、あるのかも知れないが、自分では判断ができない。

頷《うなず》く以外の選択肢がない。が、未練たらしく躊躇《ちゅうちょ》していたら、縁側から声がした。

「黙って聞いてりゃ好き勝手抜かしやがって」

三人の視線を浴びながら、狩衣《かりぎぬ》の大嶽丸が姿を現した。黒猫から元の姿に戻っている。

そういえば、土御門との会話で気にせず「大嶽丸」と口にしていた。

「だれがおまえらの下で働くかってんだ。這《は》いつくばって請われたってごめんだね。おまえたちごときがこのおれを封印できるってんなら、いいぜ。してみろよ」

「ちょっと、大嶽丸」

腰を浮かせた涼音を、大嶽丸が睨《にら》み据《す》える。

「おまえも、あんな剣のことなんて忘れてしまえ。持っていたって役に立たんうえに災いを呼ぶ代物だ。あんなもんがなくても、今世なら生きていけるだろうが」

この平らかな世ならば、と大嶽丸は簡単に言ってのける。あの剣が、涼音にとってどれだけ大切か知らないくせに。あの剣がたとえ神剣でなくたって、たとえばもし玩具の剣だったとしても、涼音は諦められない。

「大嶽丸、ありがとう」

「礼を言われる筋合いはない」

「いまので覚悟が決まりました。バイトします、公安で」

「……おい待て。なぜそうなる。受ける利がないと言ってるだろうが。おれはご免こうむるぞ。使いっ走りみたいなことは断じてしないからな」

声を荒らげる大嶽丸をキッと睨み返して、涼音は笛を手に取った。

「タケマル、猫に戻ってて」

吹き口に息を吹き込めば、大嶽丸はたちまち猫の姿に戻ってしまう。じとっと睨まれたが、猫の姿では迫力に欠ける。

「本当に、見事に猫ですねえ。それなりに制御されているようで、安心しました」

黒猫をしげしげと眺めながら、土御門が続けた。

「バイト、お請けいただけるようでなによりです」

「せっかく忠告してやったのに。愚かな女もあったもんだ」

けっ、と吐き捨ててその場を去ろうとした大嶽丸を、首輪を摑《つか》んで引き止める。

「あんたにも関係あるんだから、いっしょに聞きなさいよ」

「おれはやらねえって言ってんだろ」

「それで、バイト代についてですが。歩合制ですか、日給？　月給？」

「最初にきくことがそれかよ。守銭奴《しゅせんど》め」

「自分のご飯代も稼げないやつの言うことなんか知らないもん」

「…………くそっ、いつか必ず泣かす」

「あんたが私を泣かすより、私があんたを鳴かすほうが早いんじゃない？」

「おれは猫じゃねえ」

「鏡を見てから言ってくれます？」

つまみ上げた猫と睨み合っていたら、ふっと空気の抜ける音がした。なにかと思って目をやれば、土御門が口元を覆って震えている。

「土御門さん？」

「……っ、ふふっ……っははは、ああ、すいません、お腹《なか》痛い……くくく」

具合でも悪いのかと思ったが、どうやら笑っているだけのようだ。その仕草さえ上品。

「すいません」

目の端に滲《にじ》んだ涙を拭いながら、土御門が謝る。そこまで笑わなくても、と思うが、さっきまでの真意の見えない綺麗《きれい》な笑顔よりはずっと好感が持てる。

「あの大嶽丸が甦《よみがえ》ったというから、僕らのあいだではけっこうな騒ぎだったんですよ。警戒してたんですけど、蓋を開けてみたらこれなので……あはは、いや、十分に、今後も警戒してくださいね。怖い鬼ですからね、彼は」

黒猫がつまらなそうに鼻を鳴らすのが聞こえた。

雇用形態と条件について土御門と交渉しているうちに、大嶽丸はいつの間にか姿を消していた。

「鈴鹿さん、交渉が手慣れてますね。あとで正式に契約書を送らせます。僕はこれでお暇《いとま》しますが、さっそく依頼したい件があるので、このあと芦屋が説明します」

土御門が初めて湯呑《ゆの》みを手に取り、一口すすって固まった。

「あ、冷めてますよね。淹《い》れ直《なお》しましょうか」

「いえ、それには及びません。……鈴鹿さんは、お茶はお好きですか？」

「え。……考えたこともありませんでした。買うより安いので、茶葉は常備してますが」

「僕はお茶が趣味でして。それでは、これで。今日はお目にかかれてよかったです」

不可解な問答を残して、土御門は帰っていった。そして入れ替わりに五月がやってくる。

馬車道駅で見た時は艶《あで》やかな振り袖姿だったが、今日は打って変わって若者ファッションである。一瞬、誰だか分からなかった。

「はろー、鈴鹿ちゃん。つっちーとバトンタッチして来たよ。芦屋の相棒の五月でーす」

「つっちー……？」

とはまさか、土御門のことか。

ショートパンツに、何かのロゴが入った薄手のトレーナー、挙げた片手には金のバングルが揺れる。涼音のファッション語彙力が著しく低いせいでうまく形容できないが、お洒《しゃ》落《れ》だ。振り袖を着ていた時は和風の顔だと思ったが、洋装も似合っていた。

脱いだブーツをそろえるのを待って、五月を居間へ案内する。無言で手を出す芦屋に、五月が書類を差し出した。

「はいこれ、事件の捜査資料。あとー、こっちはお土産」

「ありが……とう、ございます……」

渡されたのは猫じゃらしだった。大嶽丸が見たら怒るだろう。

涼音は五月にお茶を出して、芦屋の向かいに腰を下ろす。芦屋はすでにネクタイを緩め、上着も脱いで胡座《あぐら》をかいていた。あっという間にこの前と同じ、くたびれた裏稼業の男に戻ってしまった。横に座った五月が、脱ぎ捨てられた上着をせっせと畳んでいる。

「土御門が言ってたのは、この辺りで起きてる連続通り魔事件のことだ。犯人が吸血鬼の可能性が高いってんで、うちに捜査権が回ってきた」

「……は？」

聞き間違いにしてはあまりにはっきりと「吸血鬼」という単語を聞いた気がする。

戸惑う涼音を無視して芦屋は先を続けた。

「これまで四件の被害が確認されてる。犯行時刻はいずれも日没後。被害者は全員血を抜かれてる。事件が発生する少し前、保護観察下にあった吸血鬼が失踪してるから、そいつの犯行が疑われてるってわけ」

にわかには信じられないが、冗談に時間を割く人間にも見えない。資料をめくる芦屋の指先を見ていたら、ふと、先日の夜の光景が脳裏をよぎる。

日没後、血、通り魔、吸血鬼。

「あれ……？」こぼれた呟《つぶや》きに、芦屋が顔を上げる。

「そ、おまえはたぶん出くわしてる」

「もしかしてこのまえ角でぶつかった？　……でも、なんでそれを知ってるんですか？」

「おまえはいまうちの要注意人物。鬼神と、それを下した人間を、監視もつけずに放っておくはずがないだろ。二十四時間態勢で見張ってるんだよ」

「き、気づかなかった……」

「吸血鬼の中でも力の弱いやつだ。いまのところ被害者は全員無事。ただ、採血量が次第に増えてる。このままエスカレートすりゃ、うっかり失血死が出てもおかしくない」

「吸血鬼より二十四時間監視のほうがインパクトが……」

「そっちは諦めろ。とくに期待しちゃないが、この男を見かけたら連絡しろ」

芦屋が、資料の束の中から一枚抜き出してちゃぶ台に置いた。

あまり鮮明ではない写真だ。引き伸ばしているから余計に粗い。「吸血鬼」と聞いて想像する耽美《たんび》な容姿ではなかった。髪は金、だが根元が黒いところを見るに、地毛は黒だろう。痩せぎすで、猫背。全体的にどんよりしたオーラをまとっている。

「そっちが行方不明中の吸血鬼。これは犯行現場周辺の防犯ビデオの画像」

そう言ってもう一枚上に重ねる。さらに不鮮明かつ解像度が低い。目をこらさないと人が写っているのも分からないほど暗い。その暗闇の中に、黒い雨合羽を着た人物がいた。犯行を終えて現場から逃げているところだろうか。そうして、涼音にもぶつかったのだ。

「これ、もし捕まえたら成功報酬出ますかね」

「……出る、が、おまえが積極的に動く必要はない」芦屋が書類を片づけながら言った。

涼音は慌てて吸血鬼の写真をスマホで撮る。

「土御門はバイトなんて言ってるが、本音は目の届くところに囲っておきたいってだけだ。成果を上げる必要はない。給料は、鬼の監督費用だと思ってもらっておけ」

言い終わるなり、芦屋が腰を上げた。

「五月、帰るぞ」

「もう？　来たばっかなのにぃ」

玄関へ向かう芦屋のあとを追いながら言葉を探した。言いたいこともききたいことも本当はもっとある気がするのに、なにも言葉にならない。

廊下に立ち尽くす涼音を、芦屋は一度振り返った。

「自分で言うとおり、おまえにはなんの力もない。あの鬼も、おまえの味方じゃない。鬼は人間とは違う。油断してると痛い目を見る。それだけは、覚えておけ」

「……芦屋さんと五月さんも、そういう関係なんですか？」

玄関でブーツを履いている五月には、聞こえているのかどうか。

人間のように見える五月が、人間ではないのを涼音は知っている。彼女はあの日、巨大な骸骨に姿を変えた。いまの五月とあの骸骨、どちらが本当の彼女なのだろう。

涼音の問いに、芦屋は答えなかった。口の端にわずかな笑みを滲ませて、彼は外へ出ていった。

○

日曜、涼音は大嶽丸を連れて大学構内を歩いていた。

講義はないが、キャンパスはそれなりに活気がある。サークル活動はもちろん、農作物の管理や生きものの世話などがあるから、休日でも農業大学には学生が多い。

裏門をくぐった先、すぐ横手にあるのは畑で、次いで温室が立ち並ぶ。講義棟はそのずっと向こうだ。

隣を歩く大嶽丸は明らかに目立っていた。

白いシャツにジーパン、角を隠すためのキャップ。靴ばかりは、父のものではサイズが合わなかったため、安いビーチサンダルを百均《ひゃっきん》で購入。という、たったそれだけのシンプルな材料で、どうしてこんなに人目を惹くのか。

すれ違う学生たちの視線が痛い。キャップのつばが落とす影で大嶽丸の顔はろくに見えないはずだが、そもそも発しているオーラが普通の男子学生とはまったく違うのだ。ブロイラーの群れに、闘鶏が一羽まぎれ込んでいる感じだな、と涼音は思う。

「……ねえ、今からでも遅くない。猫に戻していい？」

「その笛吹きやがったら、家中の障子に穴を開けてやるからな」

いよいよ猫らしいことを言い返しながら、大嶽丸は物珍しそうに辺りを見回している。金の瞳は、抑えた好奇心できらきら輝いているように見えた。

涼音に気軽に声をかけてくるような学生はあまりいないはずだが、これ以上注意を集めないように早足で先を急ぐ。

歩調を速めた涼音を見て、大嶽丸はこれみよがしにため息《いき》をついた。涼音の顔に留まった視線が、ゆっくり足元へと移動する。一呼吸おいて、残念なものを見る目で、言った。

「おまえ、服はそれしかないのか」

「ツナギの隣は歩きたくないってあんたが言うから、わざわざ着替えたのに、文句？」

「おれが復活した時も、買い物に出かけた時もその一揃えだった」

言われてみれば、警察に押収されたパーカー以外はまったくおなじ取り合わせだった。

「……よく覚えてるな」

「まさか一揃えしか持ってないのか」

「そんなわけないでしょ。ただ、洗濯して、ちょうど干してあったのが、乾いてたから」

取り込んでそのまま着たら、またおなじ組み合わせになった、というだけの話だ。

大嶽丸がさらに深々と息を吐く。

「も、持ってるから！　心配されなくても、服くらい、ほかにも……」

「心配なんざしてない」

「あ、そ」

そこで会話は途切れた。と思って油断したところ、大嶽丸がまた言った。

「金ならあいつらからぶん取っただろうが。いいもんを食え、いいもんを着ろ」

「ちゃんと食べてるし、ちゃんと着てるし」

なにも気を使ってないように言われるのは心外だ。食卓の栄養価には気をつけているし、服だって洗濯して清潔に保っている。それに、

「私には欲しいものがあるの。稼いだお金を無駄遣いしたくない」

「欲しいもの？　なんだそれは」

「あんたには関係ない」

「言えよ」

「……じゃあ代わりに、鈴鹿御前のこと教えてよ」

大嶽丸の足が、束《つか》の間《ま》止まる。

ひりつく空気が肌をちくちく刺してきたが、涼音は構わず歩き続けた。

本当は、ずっと気になっていたのだ。うっかり見間違えて殺そうとするほど、涼音と似ているらしい「鈴鹿御前」。だが、

「おまえには関係ない」

返ってきたのは、さっきの涼音とまったくおなじ言葉だった。

土御門が言うほど、涼音と大嶽丸はうまくやっているわけではない。お互いに、触れられたくないものを、相手の手の届かないところへ遠ざけてやり過ごしているだけだ。

触れて欲しくないから、こっちだって触れない。

居心地の悪い沈黙を壊すように、涼音は道の先にある建物を指さした。

「ほら、畜産の動物舎が見えてきた」

「……獣臭い。おれは、犯人の見当がついたというからついてきたんだぞ」

「確証はないけど、このまえ私にぶつかったのは、吸血鬼本人じゃないと思うんだよね」

涼音は動物舎の手前で立ち止まり、大嶽丸を振り返る。

「なんとなくだけど、女の人だったと思う。それと、防犯ビデオの映像に映ってた服に見覚えがあって……」

「あれ？　鈴鹿さんじゃん」

動物舎の裏手の林から学生が一人歩いてくる。彼女が着ているのは濃い緑のジャージ。サイドに一本白い線が入っているこのジャージ、似ている気がする。

「どうしたの？　畜産に用事？　なんかいい儲《もう》け話でもあった？」

「いや、今のところお金になるかは怪しいとこです。先輩、そのジャージって」

「ダサいでしょ？　去年の学祭で作った畜産科ジャージ。作業着にちょうどいいからさ」

涼音にぶつかった人物も、はいていたのはこのジャージではなかったか。かなり粗い映像だったが、暗闇の中、ダサい白の一本線が印象に残っている。もし推測が当たっているなら、畜産科の関係者が吸血鬼に協力している可能性がある。

「突然ですけど、最近畜産で休みがちだったり、様子が変なひとっていません？　ここ一ヶ月くらいの話なんですが」

「う～ん……すぐには思いつかないな。うちの学年だけでも百人くらいいるし」

「そうですよね……変なこときいてすみません」

「ううん。ほかの子にもきいてみる？　なんかあったの？」

「ええちょっと……頼まれごとで。お願いします。お礼は今度、労働で払いますから」

やっぱり、聞き込みなんてそううまくいくものではない。刑事ドラマだったらすぐに手がかりが出てくるのに。

「鈴鹿さんにはお世話になったし、このくらいでお礼はいいって。この前手伝ってもらったおかげでさ、うちのミツバチたちもみんな無事に分蜂《ぶんぽう》できたしね」

「じゃあ、また人手がいる時は声かけてください」

「よろしく。バイト代、現物支給で悪いけど」

冬、部員の帰省やなんやらで人手が足りなかったミツバチ研究会の依頼で、ミツバチの越冬準備を手伝ったのだ。報酬はハチミツ一瓶。

「……で、鈴鹿さん。そっちの人は……」

相手の視線が、涼音を越えて後ろ……大嶽丸に注がれる。

「大学見学に来た親戚です」

大嶽丸の背中をばしばし叩《たた》きながら紹介する。

「ってことは、年下？」

見えないね、と驚く先輩に涼音はにこりと笑ってみせた。

「素行が悪くて高校で留年しまくったんですよ」

「へ、へえ……そりゃまた」

「おい、いまなにか失礼なことを言ったろう。……痛っ」

眉を寄せる大嶽丸の背をつねる。黙っていろという意味をこめて。

「無事に入学できたら、ミツバチ研究会に入ってよ。ミツバチかわいいよ〜。あ、せっかくだから、養蜂場も見学してく？」

先輩が林の奥を指さしたその時、木立の隙間から白衣の学生が現れた。

「せんぱーい、道具取りにいくって言ってどんだけかかって――」

白衣の青年がこちらに気づいて言葉を呑《の》む。

初めて見る顔だった。驚きの表情は、涼音と目が合うとぱっと笑顔に変わる。

「野々宮《ののみや》ちょっと来て！　あいつね、畜産の二年。今日たまたま来てたから手伝わせてたんだけど、顔が広いから鈴鹿さんの役に立てるかも」

鈴鹿に野々宮を紹介してしまうと、先輩は小走りに去っていく。蜂が巣分かれをする時期だから、ミツバチ研究会は忙しいらしい。

適当な紹介とともに残された青年、野々宮は、人なつっこい笑みを浮かべて手を差し出してきた。反射的に出した手を思いのほか強く握られる。

「初めまして。会えて嬉《うれ》しいな。鈴鹿さんとは一度話してみたかったんだよね」

野々宮とは同学年だが、科も違うし面識はない。はずだ。

首を傾《かし》げると、野々宮は笑った。笑うとくっきりとえくぼができる。

「鈴鹿さんってうちの大学の有名人なんだよ。気づいてない？　農学科のなんでも屋さん。バイトやら試合やらのピンチヒッター、講義ノートのコピー、試験の予想、悩み相談、果ては麻雀《マージャン》の代打ちまで、報酬次第でなんでも引き受けてくれるって」

「な、なんでもは引き受けてないよ」

大嶽丸の呆《あき》れた視線に、つい言い訳めいた言葉が漏れる。野々宮は構わず、興奮した様子で先を続けた。

「俺、鈴鹿さんが代打で出た草野球ちょうど見てたんだよ。あの局面でヒット打つのめちゃくちゃ格好良くてさ」

「あれは……勝ったら焼き肉ごちそうするって言うから……」

「それでヒット打っちゃうのがすごいじゃん！　いろいろやってるのに成績いいし」

「それは、だって、そのために大学にいるわけだし……」

野々宮の言うとおり、せっせと小銭を稼いではいるが、大学の講義に支障が出ない範囲の話だ。成績上位者ということで減免されているものの、どれだけ学費がかかっているか考えれば、一講義だって無駄にはできない。

大学の設備も環境も人脈も、あますところなく活用せねば。

「鈴鹿さん、肉好きなんだ？」

「好き。焼き肉のために野球でヒット打つくらいに」

即答すると、野々宮がにっと口角をつり上げる。

「このまえ牛の解剖があったんだ。余った肉ちょっとあげるよ。内緒ね」

涼音の顔がぱっと輝く。

牛肉なんて、素敵すぎる。解剖してから日が経《た》っているなら、いい具合に熟成が進んでいるだろう。畜産科ではたまにこういうことがあるから羨ましい、農学科では肉が持ち込まれることはない。持ち込まれるのは畑の肥料用のフンである。

「あ、ごめん。俺ばっか話してて……なんだっけ。ここしばらく様子が変な人？」

「そうそう。この一ヶ月くらいで、ちょっと様子が変わっちゃった人……たぶん女性」

野々宮はしばらく視線をさまよわせていたが、結局首を振った。

「俺の交友範囲だといないね。気にしておくけど、これもなんでも屋の仕事？」

「なんでも屋を名乗った覚えはないけど……まあ、そんなとこかな。その人、変な事件に巻き込まれてるかも知れないから、なにか情報があったら教えてくれる？」

「おっけー、注意しておくよ」

「ありがとう」

野々宮はわざわざ畜産棟から肉を取ってきてくれた。裏があるのではと疑いそうになるほどの爽やかな好意だ。初対面なのに。

「鈴鹿さん、秋になったら肉ごちそうするよ。俺、狩猟するんだ」

「え、罠《わな》？　銃？」

「銃のほう。罠猟は、やっぱり山の近くに住んで毎日回る必要があるからさ」

「人手が必要なときは声かけて。肉の恩は必ず返すからね」

「ははっ……鈴鹿さんいいなあ。休日に大学に来た甲斐《かい》があった」

連絡先を交換して、野々宮と別れた。

大嶽丸はなにも言わずについてくる。なんとなく、不機嫌そうな気配を感じるが気づかない振りをした。心当たりはない。

涼音は分けてもらった肉をリュックにしまって、大嶽丸を振り返った。

「えー、方針を転換します」

「あん？」

「私たちは、この肉を今夜おいしく食べるのを優先すべきだと思う」

「ああ、やめちまえ。検非違使《けびいし》のまねごとなんて」

「だから、私が囮《おとり》になる」

「はあ？」

所詮素人、刑事ドラマの真似事《まねごと》がうまくいくわけなかったのだ。

着ていたジャージが似ていたという以外に、手がかりはない。もし吸血鬼の仲間がこの大学の学生なら、農学科や醸造科よりも畜産科のほうが可能性があるとは思った。それも、扱っているのが動物だから、血にも慣れているのではという安直な発想だ。

涼音に与えられたヒントは少ない。役に立つことを、陰陽課の連中がまったく期待していないのがようくわかった。

それが、どうにも癪《しゃく》だ。

「いい？　血の保存期間は、献血の場合四日なんだって。前回の事件からもう七日経ってるってことは、そろそろ次の血が必要になってくるころだと思う」

「……おれにいい案がひとつある」

「えっ、なに？」

「なにもかも忘れて、肉食って寝ろ」

ぴしゃりと言われて、言葉に詰まる。たしかに、いい案だ。涼音が動くことは誰にも望まれていない。でも。

「一回だけ！　これでだめだったら諦めるし、ジャージのことも陰陽課に報告するし」

「分からんやつだな。放っておいてもそれなりの金はもらえるだろう。わざわざ危険に首を突っ込む気が知れん。弱っちいくせに」

「私たちだけで捕まえたら成功報酬がもらえるんだよ？」

「そんなに金が欲しいかよ」

「欲しい。それに……」

お金は欲しい。余分にもらえるなら万々歳。だが、それだけが理由ではなかった。

「労働もせずにもらうお金は……怖いでしょ」

土御門は「鬼の監督費用」だと言ったが、今のところ、どう考えても涼音の働きに見合った報酬ではない。賃上げ交渉をしたのは自分自身だが。

不釣り合いな報酬は怖い。それは、対価を求めない親切を怖いと思うのと似ている。

世の中はギブアンドテイク。無償で与えられるものなんて存在しない。必ずどこかで対価を支払う仕組みになっている。棚からぼた餅は降ってこない。

後から不意打ちで支払いを求められるより、先に自ら支払ったほうがいい。

だが、大嶽丸は怪訝《けげん》そうな顔で首を傾げた。

「勝手に金が入ってくるなら、それに越したことはないだろ」

「…………」

きいた相手が悪かった。他人の金品を盗《と》ってきて褒美にしようとする鬼だ。涼音の言い分が心底分からないといった顔に脱力する。

「いいから、ちょっとくらい働きなさいよ」

「面倒くせえ」

「働かないなら、あんたの分の肉はないからね」

「鬼使いが荒い女だな……」

○

一度帰宅し、もらった肉を冷蔵庫へ入れ、涼音と大嶽丸はふたたび外へ繰り出した。

日が暮れた路地は薄暗く、街灯と民家の明かりだけが頼りだ。駅から離れているこの辺りは、夜になると人もまばら。すぐそばに小高い山があって、静かな通りを木々のさざめきが駆け抜けていく。

「……納得いかねえな。なんで猫にされた？」

足下から聞こえた不機嫌な声に、涼音は肩をすくめた。

「猫のほうが目立たなくていいでしょ？」

「いざというとき出遅れて、おまえになにかあっても、おれは知らんからな」

「そこまで危ないことはしないもん」

どうだか、と鼻を鳴らす猫は真っ黒で、暗い夜道に容易にまぎれ込む。

静かで落ち着く地域だと思っていたけれど、吸血鬼の事件を聞いた後ではこの静寂はかえって不気味だった。

「人通りがなくて暗い道を私が歩くから、あんたは隠れてついてきて」

「こそこそするのは性に合わん」

足下で揺れる黒猫の尻尾を見ながら、涼音はスマホの地図アプリを開いた。

「事件は四件ともこの狭いエリアで起きてる。たぶん同じところで続けて襲うほどバカじゃないだろうから……四件の現場から離れてる……この辺りをうろついてみる」

スマホの地図の一点を、爪の先で叩いて見せた。が、黒猫は見ようともしない。

すでに日は沈んでいる。夜の紫がどんどん空を侵食していく。

「……お給料もらったら、あんたの服を買いにいくから」

「おっ、やっと金を使う気になったか」

大嶽丸が顔を上げる。

猫は表情筋を持たないそうだ。だからその顔に喜怒哀楽は出ないはずだが、どういうわけか嬉しそうなのがはっきり分かった。

「必要経費だから、しょうがない」

なぜこの鬼は涼音に浪費をすすめてくるのか。事あるごとに「金を使え」と言ってくる。鬼だから……だろうか。ひとを堕落の道に誘うのは、鬼ではなく悪魔ではないか。

「……あんたに父さんの服貸してたら、汚したり破ったりしそうなんだもん」

大嶽丸がなにか言う前に、急いで先を続けた。

「そういえば、私たち監視されてるんだよね。どこから見てるか、分かる？」

こうしている今もどこかに陰陽課の人間が潜んでいるのだろうか。辺りを見回す涼音をちらりと見上げ、大嶽丸が言った。

「人間がいるわけじゃない。術の一種だ。見るよりほかに能はない低級の式。……その気になれば、いまのおれでも一掃できる」

「そんなことしたらまた封印されちゃうでしょうが」

「へえ、おれが封印されるのがそんなに嫌か」

腹の立つ笑みが想像できそうな声に、涼音は顔をしかめた。

「そんなこと言ってないでしょ。せっかく助けたのにまたすぐ封印されたら寝覚めが悪いってだけ。ほら、さっさと離れて。呼んだら聞こえるところにいてよね」

黒猫は隣の塀に飛び乗ったかと思うと、

「ふん。泣いておれの名を呼んだら助けてやるよ」

笑いを含んだ声を後に残して、あっという間に涼音の視界から消えてしまう。

いまの大嶽丸は涼音に逆らえないし、涼音から遠く離れることもできない。土御門はそう言っていたが、縛っているという実感は涼音にはまるでない。暗闇にまぎれてこのまま、戻ってこないような気がする。

街灯に照らされたアスファルトを踏みながら、その考えを追い払った。

首だけだった時のほうが気が楽だった。人間の姿になった途端に、大嶽丸との距離感が分からない。どこまで踏み込んでいいのか、踏み込まれたくない涼音には分からない。

風が吹き抜け、すぐそばの竹林が一斉にざわめく。街灯がひとつ、ジジジと音を立てながら明滅を繰り返していた。その弱々しい光が届くか届かないかのところに、女がひとりうずくまっていた。

しゃがみ込んで、立てた膝に顔を埋めている。褪《あ》せた茶髪が肩から細い腕にかけてまとわりついていた。風は冷たいのに、彼女はあまりに薄着である。

「あの、大丈夫ですか？」

声をかけると、女の躰《からだ》がびくりと震えた。

「……ちょっと、貧血で」

答える声はか細い。緩慢に持ち上げた顔は紙のように白かった。

「顔色悪いですよ。……救急車、呼びますか？」

「大ごとにしないで」思いのほか強い口調で女が言った。

「ちょっと休めば平気だから」

「でも……」

こんな薄暗い道に女性がひとりで座り込んでいるのは危険だろう。吸血鬼の通り魔が出そうな道なのに。

「家はどこなんですか？　近くなら、送って――」

「遠いの。彼氏に電話したけど、繋《つな》がらなくて」

「じゃあ……」しばし迷ったが、ほかに提案できることはなかった。「うちでよければ、すぐそこなので……ちょっと休んでいかれますか？」

女は弱々しく微笑《ほほえ》んだ。ありがとう、と言って立ち上がった瞬間ふらついた彼女を、涼音は慌てて支える。

結局、ご近所を散歩しただけで家に逆戻りだ。囮作戦は諦めるしかない。

ぐったりした女をほとんど抱えるようにして家に辿《たど》り着《つ》いた時には、涼音の息は上がっていた。病院に行ったほうが、と再度勧めたが、大きく首を振られて口を噤《つぐ》む。

「うちはここです。段差に気をつけて」

言いながら玄関を開け、そのまま入ろうとした涼音の腕を女がぐっと摑《つか》む。

「入っていい？」

「え？」

意外に握力が強い。振り返った涼音を、やけにぎらついた瞳がじっと見つめている。

「入っていい？」

「……も、もちろん」

腕を引いたが、手は離れない。

「言って。入っていいって」

「……入っていいですよ。あの、本当に、休むだけで大丈夫ですか？」

返ってきたのは笑顔だった。口の端がゆるゆると持ち上がり、ふやけたような笑みが女の顔にじわりと広がっていった。

背中にざわりと冷たいものが這《は》いのぼる。

「彼に、もう一度電話してみるわ」

女はそう言って、ポケットから取り出したスマホを操作し始める。

彼女は手ぶらだった。ふらりと散歩にでも出て、その途中で具合が悪くなったというように。違和感を抱えながら居間へ案内し、涼音は台所に立つ。

ふと気づくと、コップに水をくむ手が震えていた。そういえば、大嶽丸はどこに行ったのだろう。もう戻ってきていいはずなのに、姿が見えない。

　女はスマホの画面をじっと見つめていた。その顔はやはり青白く、具合が悪いというのも演技には見えない。

「……すみません、いま水しかなくて」

「いいの、ありがとう。助かったわ。すごく……喉が渇いていたの」

　そう言うわりには、差し出したコップに口をつけようとしない。

「あなた、一人暮らし？」

「はい」

「もしかして、学生さん？」

「ええ、そこの……」

「わたしも。じゃあ、後輩ね」

「……救急車は呼ばないにしても、やっぱり病院に行ったほうがいいと思います。顔色、すごく悪いですよ」

　全体的に不健康そうだ。白い腕に血管が浮いて見える。コップを持ちあげられるのが不思議になるほど、痩せ細った手だった。

「やさしいのね。わたしの彼もやさしいの、とっても。電話したら、すぐ来てくれるって、もう着くと思う」

「……連絡ついてよかったですね」

「ねえ、彼が来たら……」

玄関の戸が叩《たた》かれる音がして、女が口を閉じた。

「彼だわ、きっと」

早すぎる。電話をしてから、まだいくらも経《た》っていないのに。

戸の向こうに声をかければ、「連絡をもらいました」と返答があった。

「こんばんは、彼女がお世話になったみたいで」

「いえ、お水を出すくらいしかしていない、の……で……」

言いながら戸を開けた手が、ぴたりと止まる。そのまま、後ずさってしまった。

――青白い顔。痩せぎすで、目ばかり大きい。

芦屋が見せた資料に載っていた「吸血鬼」がそこに立っていた。

写真では根元が黒い金髪だったが、いまはすべて黒い。

「入ってもいいですか？」

その男が、戸の向こうでにこりと愛想良く笑っている。

「いや、あの……」

「入っていいですか？」

さらに一歩後ろへ下がった涼音を、男は不思議そうに見つめながら首を傾げた。

「あの、ちょっと待っててください。彼女さん呼んできますから」

いったんなかに戻って、スマホで警察を……いや、芦屋を呼ぼう。彼氏が吸血鬼という
ことは、居間の女が協力者か。だが、吸血鬼に強要されて協力していたのなら、彼女を連
れて逃げたほうがいい。この前みたいに庭から外に出て……

「入っていいですか？」背後で男が繰り返した。

戸は開いているのに男は入ってこなかった。律儀に涼音の返答を待っている。答えはノ
ーだ。即刻立ち去っていただきたい。できればその足で警察に出頭して欲しい。

なのに、振り返って男の目を見た瞬間、涼音の思考はぼんやりと解けてしまった。

「入っていいって言ってくださいよ」

「っ……」

めまいがする。視界が歪《ゆが》む。

目を逸らしたいのに、躰が固まって動けない。

大嶽丸は何をしているんだろう。本当に、どこかへ行ってしまったのかも知れない。

床が歪んでいる。足がめり込む。錯覚だ。でも、もう立っていられない。

倒れ込んだ涼音の頭上に、男の声が響く。

「おい、なんでバレたんだよ。おまえ余計なこと言ったろ」

返答はすぐそこから聞こえた。あの女の声で。

「言ってないよ！　わたしは、ちゃんと計画通りに――」

「じゃあなんでこんなに警戒されてんだよ。……もういいや、外に出せ。庭に運ぼう。そうすりゃ通行人から見えない」

ぐったりしている涼音の両脇へ、後ろから女の手が差し込まれた。そのまま、ずるずると玄関へ引きずられる途中で、

「よう、いいざまだな」

憎らしいほど余裕のある声が聞こえた。

焦点が定まらない。何もかもぼやけている。だけど、吸血鬼の足下から小さな黒い塊が歩み出てきたのは見てとれた。

「助けて欲しいか？」

「ね、猫？　喋《しゃべ》ってんのか？」

喋る猫を前にして、男が驚きの声を上げた。自分だって「吸血鬼」のくせに。

ほかの二人を無視して、大嶽丸は涼音にだけ話しかける。

「助けて欲しいって泣いて頼めば――」

「く、るのが……遅い、馬鹿」

もつれた舌で、言い返す。

「ああ？　ちゃんと大ごとになるまえに来てやっただろうが」

「じゃあ……こんなになるまで、黙って、見てたってわけ？　悪趣味」

「なんだと。おれほど趣味のいい鬼はいないぞ」

「せ、千年前の、話でしょ？　あんたの趣味なんて、もう時代遅れだってば」

「なんだと。毎日人足姿のおまえに、趣味をどうこう言われたくねえな」

「いま、服装なんて、関係ないでしょっ」

「──黙れよ！」

吸血鬼が、痺《しび》れを切らしたというように、足を踏みならした。

「いい加減にしろ！　もういい、それ以上喋ったら女を殺す。アヤコ、いいな」

「えっ、む、無理だよ……わたしには」

女がぶるぶる首を振りながら後ずさる。

「俺の役に立ちたいってのは嘘《うそ》かよ⁉　なんのために仲間に加えたと思ってんだよ」

「でもわたし……人殺しなんて……」

「俺のためならなんだってできるって、あれは嘘だったのかよ。俺にはおまえしかいないのに、おまえも俺を裏切るのかよ！」

「待ってよ！　わたしにだってアキラくんだけだよ。アキラくんのためならなんだってするよ。なんだってできるよ！」

女が涼音の腕をがしりと掴む。彼女の手の震えが伝わってきた。

大嶽丸と言い争っているうちに、躰《からだ》は少し動くようになっていた。目だけをそっと後ろへ向けると、女に握られた注射器が見える。中は空だが、刺される部位が悪ければ、もしくは血管に空気を入れられたら、注射器一つで死ぬ可能性はある。

「おい」

大嶽丸の低い声に、その場の全員がびくりと震えた。

「泣いて頼まれちゃないが、今回は特別に助けてやる。呼べよ、おれを」

「喋るなって言ってんだろ！」

吸血鬼が猫に摑みかかった。意外にも俊敏な動きで。

黒猫はぴょんと跳ねて軽々とかわす。

「大嶽丸！」

涼音の声が響き渡る。黒猫は、着地するときには狩衣姿《かりぎぬすがた》の鬼に変わっていた。四つん這いで着地した大嶽丸は、両手をついたまま片足をくるりと旋回させ吸血鬼の足を払う。

ひっくり返った男の胸ぐらを摑み上げ、

「ひっ……な、なんだよ……っ。おまえ、どっから出てき」

「知ってるか？　弱いやつに問う権利はないんだよ」

言うなり、大嶽丸は吸血鬼を放り投げた。まるでボールを投げるように。

吸血鬼は玄関先の土を跳ね飛ばし、地面にめり込んで動かなくなる。

圧倒的な力の差。吸血鬼のほうが気の毒に思えるほどの。

呆然《ぼうぜん》としていると、半狂乱になった女の叫びが鼓膜をつんざいた。

「ア、アキラくん……！　アキラくん！　なにすんのよあんたっ、こここ殺してやる！　あんたの女も殺してやる！　殺してやるから！」

「だれがあいつの女だっての！」

女が注射器を振り下ろす。針が涼音の手の甲をかすめていった。勢い余ってつんのめる女を押しやる。が、半狂乱の女はなりふり構わず迫ってくる。

女の頭を、大嶽丸が片手で掴《つか》んだ。そのままぎりぎりと力を込める鬼に、涼音は慌てて制止をかける。

「あんたの力でやったら潰れちゃうってば！」

「かまわんだろ」

「かまう！　もういいから！　やめて！」

軽い舌打ちとともに、大嶽丸はぱっと手を放す。涼音はへたり込んだ女の手から注射器を奪い取ると、念を入れて玄関の安全靴で叩いて砕いた。

「ああ……アキラくんアキラくんアキラくん！　わたし、わたし……っ」

「お、あいつ逃げたな」

大嶽丸が背後に顎をしゃくる。

「なんで逃がしてんのっ、捕まえて！」

「面倒くせぇ……」

大嶽丸はそう悪態をつきながらも外に出て、ほどなくして吸血鬼を引きずってきた。

「こいつ、弱いくせに逃げ足が遅い」

「放せっ、放せよ！　くそっ、……おい、おまえ」

ふっと力を抜いた男が、大嶽丸の顔を見つめて、言った。

「俺の目を見ろ」

「ああ？」

不機嫌そうに眉を歪め、大嶽丸が男を見返す。

「俺を放せ」と、吸血鬼が言う。大嶽丸を、じっと見て。

あ、と思った時には遅かった。大嶽丸と吸血鬼は、間近で目を合わせている。

あの目だ。男の目をまともに見てしまった涼音は、頭がぼんやりしてなにも考えられなくなったのだ……。

「お、大嶽丸……大丈夫？」

恐る恐る名を呼ぶと、大嶽丸は怪訝そうに眉を寄せた。

「なにがだ？」

吸血鬼が愕然《がくぜん》と目を見開いた。

「っ、なんで……暗示がきかない？　なんで……」

「アキラくん！　わたし……わたしを置いてこうとしたなんて……嘘、だよね？　あとで助けにきてくれるつもりだったんだよね？　わたし信じてるから。アキラくんのこと信じてるから。アキラくんのこと愛してるから！」

「──うるさい！　もう黙ってろよおまえ。台無しだよもう！　使えない女だなマジで」

「……アキラくん、なんで？　なんでなんでなんでそんなひどいこと言うの⁉」

女の声がどんどん甲高くなっていく。痩せた躰のどこにそんな力があるのか、涼音に掴まれた腕を折りそうな勢いで暴れだす。

吸血鬼がふっと目を逸らした。舌打ちとともに。

「なんでよぉぉおっ！　なんでもしてあげたのに！　アキラくんのためになんだって！　わたししかいないって、愛してるって言ったのに！　嘘つきっ、嘘つき嘘つき嘘つ──」

「ええい見苦しいっ」

我慢できなくなって、とうとう女の頭を叩《たた》いてしまった。平手だ。グーではない。

「なにすんのよ！」

血走った目で振り返った女を、涼音は真っ向から睨《にら》み返した。

「目に見えないもんを見返りに求めるからそーなるんですよ。尽くしたら尽くしただけ愛してもらえるなんて、どうして信じてられるんですか。おめでたすぎませんか」

「あんたになにが」

「そんなに好きなら、置いて逃げられたくらいで泣きわめくな」

信じているというのなら、愛しているというのなら。

女の腕を摑む手に力が入る。前髪が触れ合うほど間近に、女の瞳があった。

「愛してるって言われれば満足ですか？　悪かったって謝られたら許せるんですか？　あなたがどれだけ尽くしたって、ちょっと便利な女だったのが、とっても便利な女になるだけですよ。報われるなんて……そんなこと信じてだれかに尽くすなんて、馬鹿みたい」

どうしよう。言葉が止まらない。

どす黒く、胸の内で渦巻いているものが、深く沈めていたものが、溢《あふ》れてくる。

他人にどれだけ良くしても、おなじように良くしてくれるとは限らない。

どれだけ大事にしても、どれだけ信じても報われないことのほうがずっと多い。世界は不公平で、不平等で、等価交換では成り立っていない。

この世界の天秤《てんびん》は最初から壊れている。熱量保存の法則みたいに、ひとの気持ちも等式になればいいけれど、そうはならない。絶対に。

具合が悪そうな女性を介抱したって、その相手に感謝されることは期待しない。自分は絶対に、他人に期待したりしない。

充血した女の目が、不意に細められた。血の気の失せた唇《うすくちびる》がゆっくり弧を描く。

「かわいそうな子」

「――っ」

手を振り上げたのは無意識だった。その手をどうするつもりなのかは、知らなかった。どうにかする前に、大嶽丸に掴まれたから。

「うるさいぞ」

鬼は至極面倒くさそうに呟《つぶや》いて、女を一撃のうちに昏倒《こんとう》させた。見れば、すでに吸血鬼は玄関先で伸びている。

女の腕を掴んでいた手に、大嶽丸の指先が触れる。力が入って固まった涼音の手を、大嶽丸は無言で開かせると、引っ張って立たせた。

どうして何も言わないのか。怒っているのだろうか、と考えていたら、身を屈《かが》めた大嶽丸の顔が眼前に迫った。

至近距離で見る金の瞳は、透き通ったハチミツのよう。舐《な》めたら甘そう、なんて。そんなことを思った自分に戸惑った。目が逸《そ》らせない。吸血鬼の瞳より、危険な気配がする。

「おまえ――」と、鬼が言いかけたところで、開いたままの玄関に人が現れる。

「あ～あ、マジで捕まえやがった」

陰陽課の芦屋だった。雪駄《せった》の先で、倒れた吸血鬼をつついている。

その後ろから五月がひょっこり顔を出した。

「すごーいじゃーん！　お手柄じゃん、すずっち」

「……すずっち？」

「どしたの？　すずっち大丈夫？」

「すずっちってもしかして、私のことですか？」

「ほかに誰がいるの？　じゃ、あとはこっちにお任せあれ。あたしの芦屋が、出遅れて役に立たなかったお詫《わ》びに後片づけは引き受けるからさ」

ね、と振り返った五月に、芦屋が嫌そうな顔をする。屋内禁煙だと言ったせいか、軒先で煙草《たばこ》をふかしている。煙がこちらに流れてくるが、注意する気力はなかった。

「……事後処理はこっちでする。もう寝ろ」

「寝るには、早すぎるんですけど」

赤々と燃える煙草の先を涼音に向けて、彼は言った。

「いいから寝ろ。……ひでえ顔してるぜ」

◯

本当は樟脳《しょうのう》なんて入れたくなかった。

両親の服を収めた棚の前で、涼音は父の服に顔を埋めていた。

服には、もう父親の匂いは欠片《かけら》も残っていない。顔を埋めても鼻に届くのはつんとした樟脳の臭いばかりで、懐かしいより息苦しい。

廊下の端の暗い四畳半で、涼音はひとり蹲《うずくま》っていた。どれくらいそうしていただろう、芦屋たちは吸血鬼と畜産科の女を連れて、とっくに引き上げている。

蹲っている涼音のうなじに、「おい」と声が降ってきた。

大嶽丸の声は、暗がりに染み入る心地よい温度だった。いつもの、傲慢で尊大で偉そうな威勢のいい声ではなく。だけど、返事をするのも億劫《おっくう》だった。

それからしばらく、大嶽丸は黙って戸口に立っていた。去るでもなく、手を出すでもなく、ただ静かにそこにいた。

「………さっきは、遅くなって」

どんどん重くなる沈黙を破って、鬼が口を開く。続く言葉を、顔を伏せたまま涼音は待っていた、が。

「たしかに、ひどい顔をしてやがる」

失礼な言葉に、涼音は思わず顔を上げた。

「見てないくせに」

「いま、見た」そう言って、大嶽丸は笑った。「ひどい顔だ」

思いがけなく、それはやわらかい笑みだった。怒ろうと思ったのに、怒りは一瞬で行方不明になってしまった。

「……喧嘩《けんか》、売りにきたの？」

やっとの思いで返した言葉に答えはなかった。

大嶽丸は部屋の中をぐるりと見回して、わずかに眉を歪《ゆが》める。

洞穴のような、薄暗い四畳半だ。持ち主を失った、使われる当てのない物たちが息を潜めている空間。

「この部屋はなんだ」

「物置だけど」

「死んだ人間のものをどれだけ溜《た》め込《こ》んでいても、無意味だぞ」

「――うるさい！」

思わず、手に持っていた物を投げつけた。大嶽丸の顔に父のシャツが当たって落ちる。

「おまえの服より、死んだ人間の服のほうが多い」

「………」

部屋を出ようと立ち上がる。が、戸口に立つ大嶽丸の腕が、行く手を塞いだ。

「おまえの着てる似合わん服、そりゃ母親のだな？」

「だったらなんだって言うの」

「金に執着するくせに、使いかたがてんでなってない」

「あんたには関係ない！」

「関係はある」

振り上げた拳は、大嶽丸に受け止められる。

「……なんで？　私が私のお金をどうしたって、あんたにはどうでもいいことでしょ？」

「おれは鬼だからな。自分の好きにする」

拳を包み込んでいた大嶽丸の手から、じわりと力が抜けた。解放されるのかと思いきや、節だった長い指は涼音の手からするりと腕に滑る。

心臓が大きく脈を打つ。胸が痛い。顔が上げられない。大嶽丸の目が見られない。何か話していないと、おかしくなりそうだった。

「こ、これも……好きにした結果なわけ？」

「おまえが逃げようとするからだろ？」

大嶽丸が身を屈めた。垂れ落ちた髪が、涼音の頬をふわりと撫《な》でる。

「似合う服も買えんほど、金がないのか？　どっかから、本当に盗《と》ってきてやろうか？」

真剣にそんなことを言うから、思わず笑ってしまう。

お金ならある。涼音が欲しいものには、まだ遠く手が届かないが。それを諦めてしまえば、当面のあいだ贅沢《ぜいたく》な暮らしができるくらいの。ブランドの服だって、三つ星レストランのフルコースだって食べられるだろう。

頼んだら、この鬼は本気でどこかから盗ってくるに違いない。

なんの悪気もなく、その圧倒的な力でもって金銀財宝を盗ってきてくれる。

ああ、きっと、七年前にこの問いを投げかけられていたら、涼音は一も二もなく頷《うなず》いていたに違いない。違法で真っ黒なお金でも、盗られただれかが困って泣いていても、なんでもかまわないからお金が欲しかった、中学生の鈴鹿涼音だったなら。

「鬼のあんたには、きっと分からない」

「分からんからきいている」

「……言いたくない」

離れようとしたら、逆に強く掴《つか》まれた。振り払おうとしても、大嶽丸はびくともしない。力任せに逃れようとしたら、今度は頭を抱き寄せられた。

「ちょっと！」

有無を言わさぬ力で引かれ、大嶽丸の胸元に顔を埋める羽目になる。

しばしもがいていたが、やがて諦めて力を抜いた。密着した大嶽丸の胸の向こう、布越しに、脈打つ心臓を感じる。ゆっくりと、鼓動を刻む心臓を。

人間の自分と同じ、速さで。

「おまえを見てるといらいらする」

内容とは裏腹に、なぜか声はとてもやわらかい。

「金が要るなら盗ってきてやる。敵がいるならぶっ飛ばしてやる。だからもう少し、己の快楽に金を使え。しけた暮らしをするには、まだ早いだろうが」

そんなことを、言われたって。

自分のために欲しいものなんて、ひとつも思い浮かばなかった。失ったものを取り戻すことしか考えられない。欲しいものはいつだって過去に在って、未来には存在していない。それを聞かされたところで、大嶽丸だって困るだろう。と考え、直後、この自分勝手な鬼を困らせることになんの不都合があるだろうと思った。

不都合はない。困るなら困らせてやればいい。

「本当に、お金が必要だったのは、七年前。盗ってきてくれるっていうなら、盗ってきてよ。それで、七年前の私に渡してよ。最強の鬼神なら、それくらいできるでしょ。……お金があったら、父さんも母さんも、死なずにすんだんだから……」

避けられることだった、という事実が、いつまで経《た》っても涼音を苦しめる。

大嶽丸は黙っている。鼓動の速さも変わらなかった。

「父さん、親友だったひとの借金背負わされて、いろいろ無理して、それで……。母さんは元々躰《からだ》が弱かったけど、でも、お金があれば、治療に専念できたし、もっと……」

もっと、もっと、もっと。いまさら考えてもしかたないのに、悔やむ気持ちは年月を経ても決して薄れない。

「ふうん。いつの世も人間は変わらんな」

「あんな……あんな紙切れごときで」

あんなものに苦しめられて。火をつけたら、たちまち燃えてなくなってしまう紙切れなんかに人生が左右される。

喉元が苦しい。誰かにぎゅっと摑まれているみたいに。

俯《うつむ》いていたら、不意に伸びてきた手に顎を捉えられ、乱暴に上向かされた。「なに？」と睨みつける涼音の顔を、たしかめるように大嶽丸が見下ろしている。

「泣いてねえのな」

「なんで残念そうに言うの」

「まあ、ひどい顔のわけはわかった。だがな、そんなことはいまは置いておけ」

そう言って、大嶽丸は涼音の胴に腕を回し、片手でひょいと持ち上げた。そのまま、ずんずん廊下を歩いていく。父母の残したものを詰め込んだ四畳半が、どんどん遠ざかる。

「ちょっ……下ろして！」

「肉だ肉。なんのために働いたと思っている。辛気くさい部屋で泣くためじゃない」

「泣いてない」

「あの肉を食うためだろうが」

大嶽丸がはっきりと言い切った。彼の肩の上で、たしかに、と涼音も思った。

自分たちのことしか考えていないような、他人の血を奪って平然としているような人間（吸血鬼）に、涼音が傷つけられることはない。傷つけられる相手は、自分で選ぶ。

「いいか」と、大嶽丸の深い声が涼音の肌を撫ぜる。

「おまえを泣かすのはおれだ。ほかのやつに勝手に泣かされるな」

「……い、意味不明なんだけど。なにを勝手な……」

ロマンチックな台詞《せりふ》でもないのに、勝手に顔が熱くなる。

焦る涼音をよそに、大嶽丸は呑気に「腹が減った」と文句を言う。

「なあ、おれのほうが働いたんだから、おれのほうが多く食っていいな？」

「はあ？　だれがもらった肉だと思ってんの？　私の肉を、あんたに分けてやるんでしょ？　なんなら猫に戻したっていいんだから。そしたらちょっとで足りるんじゃない？」

「おまえは鬼か」

「鬼はあんたでしょ」

涼音は大嶽丸に担ぎ上げられたまま、素早く笛を一吹きした。たちまち鬼の輪郭は縮み、解放された涼音は廊下に尻餅をつく。黒猫を下敷きにして。

「――ぐっ……なにをしやがる！」

「肉が焼き上がったら元に戻してあげる」

盛大に文句を並べてついてくる黒猫を、涼音は振り返らなかった。

こんな顔、大嶽丸には見せられない。

○

吸血鬼とその協力者を捕まえた一件で、なぜか芦屋に怒られた。

曰《いわ》く、「本当に捕まえる馬鹿がいるか」ということだ。話を持ってきたのはそっちなのに。理不尽である。が、五月がこそっと耳打ちしてきた内容のせいで、黙って説教を聞く羽目になった。

「芦屋が仕事がらみであんな全力で走ってんの、はじめて見たよぉ。すずっちたちの監視につけてた式が警告出してきたからさ、なにかな～って思って確認したらまさかのまさか、対象に直接接触してるからさあ」

ぶっ飛ばしてきたんだよ、と五月は笑って、「ばらしたのは内緒ね」と付け加えた。

そんなことを言われたら、反論する気も失《う》せてしまった。

芦屋は、まさか涼音が積極的に捕まえようとするとは思っていなかったのだ。だから、吸血鬼の特性も、今後の捜査方針も伝えなかった。

女の協力者がいることも、涼音が指摘するまでもなく、陰陽課は突き止めていたらしい。

涼音の行動は、まさに余計なお世話だった。

芦屋が伝えなかった、吸血鬼の特性の一つ。

——吸血鬼は、その家の住人に招かれないと、家の中へ入れない。

協力者の女はすでに吸血鬼の仲間にされていた。それゆえ、涼音に「入っていい」と執《しっ》拗《よう》に言わせたがったのだ。

「にんにくも十字架も日光も、けっこうな割合の吸血鬼が克服してるが、どうもそれだけは変わらないらしい」事件のあと、芦屋が教えてくれた。

吸血鬼は、他人の家に無断で侵入することはできない。入るには、家人の言葉で「許可」されないといけない。それを事前に知っていたら、玄関先での奇妙なやり取りで女の正体に気づけたかも知れない。

「最初は女が血を分けてやってたらしいが、うっかり仲間にしちまって、血が供給できなくなったんだと。それで周辺の人間に手を出し始めた。主な実行犯は女。被害者の記憶が操作されてることを考えると、男のほうも現場にはいたんだろうが……」

「自分は手を汚してないってわけですか」

「ま、そんな言い訳は通じねえけどな。被害者の記憶が操作されてるから発覚してないだけで、被害はもっと多いだろう」

ともかく、エスカレートする前に逮捕できたのは上々だ、と芦屋は締めくくった。

「そうですね」と答えた涼音の声は苦い。

ちなみに、情報提供をお願いした野々宮から連絡があったのは、事件から二日後のことだった。「畜産の四年の先輩に、一ヶ月前からどうもホストかなにかに入れ込んでいて、ほとんど大学に来ていない人がいる」という情報とともに送られてきた写真には、先日涼音が捕まえた女が写っていた。

この情報を待ってから動いていれば、あんな危険なことにはならずに済んだはずだ。望まれていないのに首を突っ込んで、危うく犯人に人殺しをさせるところだった。

今度はもっと、うまくやる。

もちろん、次がなければそれに越したことはないけれども。

三章　神さまのいる地獄で

車窓の風景が、びゅんびゅん後方へ流されていく。

新幹線なんて、修学旅行で乗って以来だ。つまり、プライベートで乗るのは初めて。

内心緊張している涼音《すずね》の隣で、おなじく初体験のはずの大嶽丸《おおたけまる》は、外の景色そっちのけで手元の作業に勤《いそ》しんでいる。せっかく窓側の席なのに。

もちろん、最初は興味津々であちこち観察し、動力源やら材料やらについて涼音に質問していた。が、ろくな答えが返ってこないと分かるや、

「もうおまえには尋ねん。あとですまほにきく」

と言って窓際の席に陣取り、駅ビルで買った食玩をせっせと組み立て始めて今に至る。

フード付きのトレーナーに、角を隠すキャップ。組んだ長い足はジーンズに包まれている。一つに括《くく》った長い黒髪は、毛先だけが燃えるように赤い。

「なにも新幹線の中でやらなくても……。部品とか失《な》くすよ」

「おれがそんな間抜けなことをするか」

「いまだってじゅうぶん間の抜けた光景だけど」

大きな躰《からだ》を丸めて、真剣な様子で玩具を組み立てている。ちなみに、購入資金は大嶽丸

の懐から出ている。いろいろ考えた結果、吸血鬼事件の解決報酬分は大嶽丸に渡したのだ。ちょっとした額だったが、使い道については関知しないことにしている。何に使っているか細かく知ったら、「無駄遣い」と口出ししてしまう自分が予想できたから。

平安最強の鬼神が熱心に取り組んでいるのは、ラムネ菓子で作る枯山水キットだ。リアルに見える砂も岩もすべてラムネでできていて、遊び終わったら丸ごと食べられる。

大嶽丸はその砂に、ああでもないこうでもないと唸りながら、付属の小さい熊手でちまちま模様をつけている。正直、横目で見ている涼音には違いがいまいち分からない。

最近気づいたが、この鬼はわりと器用だ。

涼音よりもずっと大きな手で、涼音よりもだいぶ繊細な作業をする。薄々感じていたことだが、衣食住への興味とこだわりが、人間の涼音よりも強くて深い。たとえば、「衣」は涼音が最もないがしろにしている分野だった。大嶽丸が涼音の格好を見るたびに不満そうな顔をするから、試しに今朝彼にコーディネートを任せてみたところ、たしかに、涼音が自分で選ぶより垢抜《あかぬ》けた感じになった。少なくとも、センスはあるらしい。

「食」も、涼音の調理風景に以前から興味を持っていたが、最近味付けと盛り付けに口を出してくるようになった。こちらも試しに仕上げの味付けを任せてみたら、思ったより、悪くなかった。……いや、正直なところ、かなり、おいしかった。

味はもちろん、盛り付けひとつで視覚的にも数段おいしそうに見えるものだなあ、と感心したけれど、癪《しゃく》だから口にはしていない。

大嶽丸の妙なこだわりに一番恩恵を受けているのが「住」だった。広いばかりの古い平屋はあちこちがたがきているのだが、それが日に日に補修されていっている。絶え間ない隙間風がいつの間にか止《や》み、悪天候のたびに雨水を滴らせていた天井が塞がれていた。

渡した報酬の内けっこうな割合が、大工道具に使われている気がする。

最初は一日のほとんどを猫の姿で過ごしていたが、近ごろは涼音の目が届かない時も元の姿のままでいることが多い。危険な鬼だというのを、気づくと忘れている自分がいる。

面倒くさいだの、これは鬼神のすることではないだのとぼやきながら、家事雑用をしている時の大嶽丸はけっこう楽しそうだ。

やっと砂の模様が決まったらしい枯山水に、今度は岩を配置……という段になって、大嶽丸がふと顔を上げた。

「おい、この車に冷蔵庫はないのか」

「車じゃなくて新幹線。あるわけないでしょうが」

「この岩を固めるのに必要だ」

「車内販売でアイスでも買えば～？」

唐突に上から声が降ってきた。前の座席から五月《さつき》が顔を出し、大嶽丸の手元を見て目を丸くする。

「ちっちゃ～！　はあ～、よくやるぅ。あたしはそうゆうのムリ。壊したくなっちゃう」

大嶽丸はちらりと視線を上げ、枯山水を五月から遠ざけた。

「心配しなくても大丈夫だよぉ。あたしはひとのモノには興味ないの。壊したくなるのは自分のモノだけ。ね、芦屋《あしや》」

「……うるさい。俺は寝てるんだ、声をかけるな」

涼音の前の座席から、不機嫌そうな芦屋の声が聞こえた。五月が頰を膨らませる。

「つまんないのっ。あ、そいえば今日のすずっち、可愛《かわい》いカッコしてるね。いいじゃん」

それだけ言って、五月もまた座席の向こうに消えた。大嶽丸が「ほれ見ろ」と言わんばかりの笑顔で見てくるのが腹立たしい。

しばらくすると車内販売のカートが来た。五月が言っていたアイスを、大嶽丸がすかさず購入する。少し節だった長い指が、アイスのカップを受け取る。

受ける印象とは裏腹に、大嶽丸の動作はしなやかで美しい。気づくと、目が動きを追っている。と、不意に大嶽丸が振り返って、どきりとする。

「おまえは買わんのか」

「いらない。高いもん」

間髪入れずそう答えると、薄い唇から長ったらしいため息《いき》がこぼれた。

「何味がいいんだ」

「いや、だからいらないってば」

「おれが買ってやる。早く選べ」

「そんな無駄づ……」

無駄遣い、しなくていい。と。続く言葉は喉の奥に引っ込んだ。

大嶽丸の金の眼が、見透かすように涼音をまっすぐ見つめているから。

「……じゃあ、チョコがいい」

なぜか急に心細くなってしまった。一瞬で、子どものころに戻ったように。

そんな涼音の手の上に、大嶽丸はひょいとアイスのカップを載せる。

「ありがとう」と小さな声で言うと、「おう」と素っ気ない返事。

アイスクリームなんて久しぶりだった。セールでもなんでもないアイスなんて、普段の自分なら「無駄遣い」と一蹴している。

チョコレートアイスは永久凍土のごとく硬かった。表面に突き立ってそれ以上進まないスプーンをぼんやり眺めながら、車内のざわめきを聞くともなしに聞いていた。隣では大嶽丸が、型に入れたラムネの岩を固めようと、アイスカップにくっつけて冷やしている。

どうしよう、とふと焦った。どうしよう。

こんな時間の過ごし方を、自分はもう忘れてしまった。ぼんやりと、アイスが溶けるのをただ待っているだけなんて。手持ち無沙汰に耐えられない。

本当なら今ごろ講義の最中だった。涼音ははじめて仮病で大学を休んでここにいる。もちろん、このメンバーで行楽に来たわけではなく、れっきとした陰陽課《おんようか》の仕事だ。

陰陽課は前回の吸血鬼事件を踏まえ、涼音と大嶽丸の扱いについて方針を変更した。

つまり、こっちがその気ならば、おおいに役に立ってもらおうというわけだ。おとなしくしていなかったばっかりに、こき使われることになった。気兼ねなく報酬を受け取れるから、涼音としてはこのほうが気が楽ではある。大嶽丸は文句を垂れていたが。

時間ならば、以前より余裕があった。バイトを減らしたからだ。

大学とバイトでほぼ家にいない生活では、鬼の監督という陰陽課の任務が成り立たないから……というのもあるが、何よりも大嶽丸の小言がうるさかったというのが大きい。涼音が不在のほうが彼にとっては都合がいいような気がするのだが、涼音が寸暇を惜しんで働いているのが、どうやらこの鬼神は気に食わないらしい。

登録制のものや、単発のものは今後も続ける予定だが、とにかくいま、涼音は久方ぶりに余裕のある生活をしている。鬼といっしょに。

「…………」

アイスの表面にふたたびスプーンを振り下ろしたが、やはり掘削できなかった。大嶽丸は型からラムネの岩を取り外して砂地の上に配置している。

大嶽丸の向こうの小さな窓には、さっきから田んぼばかりが見えていた。生長した稲がまるで一枚の絨毯《じゅうたん》のように、風に揺れてゆるやかなウェーブを描いていく。

これから行くところも、たぶんこんな風景が広がっているのだろう。涼音たちはいま、集団行方不明事件を追って出張中だった。

芦屋の助《すけ》っ人《と》として正式に依頼があったのは、一昨日のことだった。どうも陰陽課は深刻な人手不足らしい。ここしばらく不審な失踪事件が続いており、その失踪者たちの行方を探り、可能ならば連れ戻すという任務である。

いなくなった人物リストの中に、知り合いの名があった。

野々宮新太《ののみやあらた》。

吸血鬼の一件で知り合った、畜産の学生。肉をもらって以来、野々宮はたまに連絡をくれるようになった。田舎から送られたじゃがいもやキャベツ、お母さんの漬け物などを、事あるごとに涼音におすそわけしてくれるのだ。菩薩《ぼさつ》の化身だろうか。

涼音は「肉のひと」と心の中で呼んでいたのをおおいに反省して、もらった食材で作った料理を、何度かお弁当として差し入れた。お裾分けをくれるときの、気さくな笑顔を思い出す。無事な姿の彼を見つけて、連れ戻してやりたい。

「おい」と、不意に大嶽丸が声を上げる。

「私はおいって名前じゃありません」

「……それ、食わないのか」

「食べたいけど、硬くてまだ食べられない」

スプーンは相変わらず永久凍土に弾《はじ》かれ、カッカッとむなしい音を立てている。

「え、もう食べ終わったの？　そっちは硬くなかったとか？」

「おまえの力が足りないんだ。貸してみな」

「……やだ」

こんなに苦戦しているのに、大嶽丸があっさりスプーンですくったらなんとなく悔しい。涼音のつまらない意地を、見透かしたように大嶽丸が笑った。なんとしても、自分で掘削して食べてやる。

「貴人でもないのにこんなもんが食えるとはな。千年寝たかいがあると言えなくもない」

「平安時代に氷菓子はないもんねえ」

「いや？　なんといったかな……雪みたいなやつならあったぞ」

「雪？　雪みたいな……ああ、もしかしてかき氷？　ふうん、たしかに、冬ならそういうのも可能か……でも、冬にかき氷って寒くない？」

「冬に食うのも悪かないが、ありゃあ夏に食うから味わいがあっていいんだろ」

「夏に氷菓子？　平安時代に冷蔵庫はないでしょ？」

「氷室がある。あそこは夏でも冷える。おまえのとこの冷蔵庫とおなじだ」

当然のことのように言う大嶽丸を、まじまじと見つめてしまった。

氷室なんてものが使えるのは貴族階級だけだろう。前から薄々感じていたが、大嶽丸の文化レベルは高い。文字を読めること一つとっても、少なくとも平安時代の一般庶民のレベルではない。

何者なんだろう、この鬼は。

涼音は大嶽丸のことをなにも知らない。彼は自分のことを話さない。千年の眠りにつく前に、どんな毎日を過ごしていたのか。その日々に、鈴鹿御前《すずかごぜん》がどう関わってくるのか。

「涼音」

唐突に名前を呼ばれて、息を呑《の》む。

どうだ、と差し出された手の平サイズの枯山水。

正直、涼音にはその良し悪《よしあ》しが分からない。これが畑か田んぼだったら判断できるのに。

庭を評価する審美眼は持ち合わせていないが、この鬼がちまちま作業したのかと思うと、自然と笑みが浮かんだ。

「そうですね、ええ、ワビサビを感じますね」

「ほう。情緒の死に絶えたおまえでもか」

「…………」

永久凍土からスプーンを引っこ抜いて、枯山水の砂地に突き刺した。大嶽丸が「あ」と声を上げた時にはもう、彼が苦心してつけていた砂紋はおおいに乱れていた。

久しぶりに食べたチョコレートアイスは、とてもおいしかった。

目的地に着く直前、アイスはやっと溶け始めた。

スプーンを舐《な》めると、舌の上でラムネが弾ける。

「情緒の死に絶えた女ですから」

「……信じられん女だな」

〇

「新幹線降りてからの道のりが、異様に長かった……」

新幹線から私鉄、タクシーと乗り継いで、こぢんまりとした民宿にやっと辿《たど》り着《つ》いたところには、太陽は地平線に顔を沈め始めていた。

「今日はもう遅い。周辺の捜索は明日からな」

二つしかない部屋の前で、芦屋があくびを噛み殺しながら言った。

「やっぱり早朝に出発すればよかったんじゃないですか？」

「眠いだろ」

涼音の意見は間髪入れずに却下される。

「芦屋は夜型なんだって～。ねえ、あたしこっちの部屋がいい」

五月が言いながら、芦屋の腕を引っ張る。そのまま二人で部屋に入ろうとするので、涼音は慌てて「待った」をかける。

「あの、普通部屋割りは男女で分けるものでは？」

「えっ、あたしと芦屋、すずっちとそこの鬼でしょ？」

「いやいやいやいや」

「なんで？　どうせいつもおなじ家で暮らしてるじゃん」

「い、家はいっしょですけど、寝る時は猫に戻してるし、そもそも違う部屋で寝てるし」

夜、大嶽丸がどこで寝ているのか涼音は知らない。だが五月は小首を傾《かし》げただけで、さっさと片方の部屋に入っていく。

「とにかく、あたしと芦屋はいっしょの部屋だから〜」

あとは好きにして、と。

廊下に残された涼音の前には眠そうな芦屋が、後ろには大嶽丸の気配。

猫に戻すか、と笛をくわえたところで、大嶽丸が鼻を鳴らした。

「そいつらとひとつ屋根で寝られるか。……人間は嫌いだ。陰陽師《おんみょうじ》野郎はとくにな」

そう言い捨てて、大嶽丸は開いていた窓から飛び出した。慌てて窓に駆けよって外を見るが、もう姿は見えない。

晩ご飯はどうするのだろう。道中ちょこちょこ買い食いをしていたから、お腹《なか》は空いていないのかも知れないけれど。

吹き込む風の冷たさに、涼音は身を震わせた。

なんだかんだ言いつつ、そばにいることに慣れてしまったのかも知れない。姿が見えなくなるとつい目が探してしまう。家から遠く離れたこんな場所でいなくなると、もう戻ってこなくても不思議ではないように思えた。

ここから鈴鹿山《すずかやま》は、そう遠くない。

「あんまり情を移すなよ」

振り返ると、こちらを見つめる芦屋の視線にぶつかる。

「……殺されかけたのは、もちろん忘れてませんよ。それに、あいつは人間が嫌いらしいので、大丈夫です」

「どうだかな」

「む、どういう意味ですか？　言いたいことがあるなら……」

「言いたいことはとくにない。言いたくないが言わなきゃいけねえことはさっき言った。で、これはおまえに渡せって頼まれたやつ」

先に宿に送っておいたという荷物の中から、芦屋は細長い木箱を取り出した。収められていたのは、鈴鹿《すずか》の神剣。取り戻したと思った直後、陰陽課に没収され、そのまま一ヶ月近く経《た》っていた。

涼音は袋からそっと剣を取り出す。鞘《さや》を取り払うと、美しい剣身が現れた。心なしか輝きが増している気がする。磨いてくれたのかも知れない。

「研究員どもがもっと調べさせろとわめくのと、その剣がおまえの元に戻せと騒ぐのと……。どっちもうるさかったが、人間だったら黙らせる方法があるからな」

「剣が、騒ぐ?」

「盛大にな。……はあ、これでやっと静かになる」

涼音は剣に耳を近づけた。しばらく耳を澄ませてみたが、とくに何も聞こえない。

不意に、頭上で「ふっ」と空気の漏れる音がした。見れば、芦屋が片手で口元を押さえて顔を背けている。肩の震えが収まると、ひとつ息を吐き出して言った。

「剣の名を顕明連《けんめいれん》。魔を祓《はら》い、魔を封ずる剣。神女か天女か、はたまた魔王の娘か……正体不明の女、鈴鹿御前の使った三振りの剣のひとつだろうというのがうちの見解」

「芦屋さんは、鈴鹿御前のこと詳しいんですか?」

「俺が知ってるのは伝説で、伝説は創作だ。おまえだってネットですぐに調べられる」

「そりゃ、ざっと検索くらいはしてみましたけど……」

「真相が知りたいなら当事者にきけ」

「そうできるなら、とっくに……」

大嶽丸から答えが返ってくるとは思えない。はぐらかす、という高度な技術を使ってくるわけでもなく、真っ正面から回答を拒否されるので、質問するのにも勇気が要る。

困るのは、いつの間にか尋ねることを怖がっている自分に気づいてしまったことだ。大嶽丸と鈴鹿御前のあいだになにがあったのか、知りたいけれど知りたくない。まさか、この自分が、こんな非効率な思考の渦にはまるなんて。予想外の感情に戸惑う。

黙って涼音の様子を見ていた芦屋が、これみよがしに息を吐いた。寝癖のついた髪をかき上げ、面倒くさそうに眉を寄せる。

「できねえことはないだろ。あいつはなんの因果か生きてここにいて、おまえもここにいるんだから」

本来ならあり得なかった邂逅《かいこう》。でも、お互い生きて、声の届くところにいる。

大嶽丸の過去が知りたい。目を逸《そ》らしていても、それが涼音の本心だった。

◯

朝、まだ眠そうな芦屋をせき立てて宿を出ると、どこからともなく大嶽丸が現れて涼音の後ろをついてきた。一応、同行する気はあるらしい。

「昨日はどこで寝たの？」

「どこだっていいだろ」

「そうですね。どこだってべつに私の知ったこっちゃないですよね。あんたがご飯抜きでお腹空かせてるんじゃないかなと思って、宿の人に握ってもらったおにぎりも、べつにどうだっていいですよね」

「…………」

おにぎりの入ったビニール袋を掲げてみせる。と、袋を握る手ごと大嶽丸に引き寄せられ、反射的に涼音は笛を吹いた。

「なにしやがる！」

「いっ、いきなり摑むからでしょ！」

手首を摑んでいた鬼の手はたちまち猫の手に変わった。しなやかな手の平の感触が、ひんやりした肉球の感触に上書きされる。

なぜかそのことに、ほっとしている自分がいる。猫ならば、いくら触れても大丈夫だ。

跳ねる黒猫をあしらっていると、前を歩いていた芦屋と五月が足を止めて振り返った。

「おいそこ、じゃれるな。捜査員のGPS反応が途絶えたのがこのあたり……っかし、見事になんもねえな」

コンクリートの道はひび割れて、裂け目から雑草が伸びている。道の両側の田んぼは荒れていて、見渡す限りなにもない。調査しようにも、調査する対象物がまるでない。

「マップだとさあ、トンネルの向こうにちょこっと家があるっぽいよ～」五月がスマホを見ながら言った。

前方のトンネルは小高い丘を貫いている。電灯が切れているのか、トンネルの中はどんよりと暗い。

「なんだか……不気味なトンネルですね」

「へえ、おまえも暗いのは怖いか。手を引いてやるからおれを元の姿に戻せよ」

「怖いなんて言ってない」

おにぎりの恨みか、挑発しながら先に進む黒猫を追って、涼音もトンネルに足を踏み入れる。後ろで五月が「元気だねえ」と呟《つぶや》くのが聞こえた。

トンネルの中は足元もよく見えない暗闇で、停滞した空気は冷えている。先をゆく黒猫の小さな躰《からだ》は、暗闇に溶け込んでいるのかよく見えない。

涼音は早足でトンネルの先の白い光に向かって進む。暗闇を抜けた先に広がっていたのは、人気のない寂れた集落……ではなかった。

「めちゃくちゃ賑《にぎ》わってるじゃん！」

民宿の周辺よりよっぽど活気がある光景が、そこには広がっていた。少し先の田んぼや畑では老若男女たくさんの人間が働いている。トラクターの音も聞こえるし、子どもたちのはしゃぐ声も山あいに響きわたっている。

トンネルの向こうとこちらでは別世界だ。

いったいどういうことだろう。芦屋と五月の驚く顔を見ようと、涼音は二人がトンネルから出てくるのを待った。が、いつまで経っても追いついてこない。

さっきまですぐ後ろにいたのに。様子を見にいこうかと踵《きびす》を返《かえ》した時、視界の端に見覚えのある人物を捉えた。

「野々宮くん⁉」

ガードレールの向こう、一段下がった場所に広がる畑に、野々宮新太の姿があった。もう一度名を呼ぶと、気づいて彼は顔を上げる。

「ああ、鈴鹿さん！」

笑顔で手を振りながら、野々宮はこちらへ駆けてくる。呑気《のんき》な彼をどんな顔で迎えれば良いか、涼音は迷った。

「……こんなとこでなにやってるの？　連絡がつかないって、お母さん心配して、大学まで探しに来たんだよ」

「ああ、お袋なら家《うち》にいるよ」

野々宮が害獣駆除の手伝いに出かけ、そのまま行方不明になって、もう五日が経つ。捜索隊まで出ているというのに、当の野々宮は朗らかに笑うばかり。拍子抜けだ。

「ごめん心配かけて。ここ、電波が全然ダメでさ。作業に夢中になってたら、つい……」

「……心配して損した」

「ごめんってば。鈴鹿さん」

「おーい」と、畑の男が野々宮を呼ぶ。そちらに手を振って、野々宮が言った。

「あれ、俺のじいちゃん。その隣にいるのが父ちゃん」

「……は？　ここって野々宮くんの実家なの？」

「うん。あ、そうだ。せっかく来たんだし、よければちょっと手伝っていかない？　ちょっとだけ。いま人手が足りなくてさ」

答えも待たずに、野々宮は涼音の腕を引いて歩き始める。こちらの返答を待たぬその強引さに、わずかな違和感が生じた。野々宮はたしかにフレンドリーな人間だったが、相手の意思を無視して事を運ぶ青年ではなかった。ように思う。

だが、野々宮は相変わらず笑顔で、紹介された家族もみんなにこにこ微笑《ほほえ》んでいる。嫌なことなど一つもなさそうで、もやもやしている自分のほうがおかしく思えてくる。

涼音はなし崩しで畑の作業を手伝い始めた。野々宮が作った畝に、一つ一つ夏野菜の苗を植えていく。作業に夢中になっていたら、

「おい、おまえはいったいなにをやってる」

不意に大嶽丸の声がした。ハッと顔を上げると、畦道《あぜみち》から涼音を見下ろしている黒猫がいた。猫にも呆《あき》れた表情というものができるのだと、この時はじめて知った。が、腹が立つより先に、黒猫の姿にほっとしてしまう。

「あたりを見てきた。この村、妙《みょう》だ。で、おまえは泥にまみれてなにをしている」

「どこにいたの？」

「苗の植え付けを……。野々宮くんのとこには、野菜もらったりしたし」

「お人好《ひとよ》しにもほどがある」

「そんなんじゃ……」

逆らうのが、なぜか怖かったのだ。楽しそうに農作業をしている野々宮たちをちらりと見やり、黒猫のそばに身を屈《かが》める。

「妙って、なにが？　芦屋さんたちがどこに行ったかわかる？」

「陰陽師《おんみょうじ》どもの行方など知るか」黒猫が鼻を鳴らす。「妙ってのは、この村、人がいるわりに、畑も家も荒れ放題ってところだ」

まるで、廃村に突然、人間だけ移住したように。

涼音の中で燻《くすぶ》っていた違和感が、大嶽丸の言葉ではっきり形になっていく。

「……野々宮くんの実家で作った野菜、もらったでしょ？　あれ、おいしかったよね」

「突然どうした。腹が減ったか？」

「あのおいしい野菜が、こんな痩せた畑でできたとは思えない」

吸血鬼やら陰陽師やらのことは分からないが、畑のことだったら分かる。この土で、あの野菜は育たない。ほかに畑があるか、野々宮が嘘《うそ》をついているか、だ。

「タケマルは、芦屋さんたちを探してよ」

「なんでおれが糸瓜《へちま》野郎を」

「お願い。私は、野々宮くんが心配だし、もうちょっとこのまま様子を見てみるから」

涼音の一番の目的は、野々宮を見つけて無事に連れ帰ることだった。ここが本当に彼の実家で、彼の意志で留まっているのならそれで構わない。

「でも、なんかおかしい……」

違和感は消えない。何かがおかしい。

「鈴鹿さん！　ちょっと休憩しよう。……あれ？　猫がいる」

黒猫はすでにその場を離れていた。去り際、「無茶するなよ」と言われた気がしたけれど、聞き間違いかも知れない。大嶽丸が涼音の心配をするとは思えない。

「逃げちゃった。触りたかったなあ」

「野々宮くん、猫好きなの？」

「うん。動物も昆虫もみんな好きだね。苦手なのはカラスくらい。小さいとき襲われてさ。それ以来ダメなんだ。さ、休憩しよう。家でお袋がお茶とか用意してるから」

野々宮の家に向かうあいだにも、たくさんの人間とすれ違った。みな一様に朗らかな笑顔を浮かべていて、畑仕事や薪割《まきわ》りに精を出している。家の中からはなんと機織《はたお》りの音がしている。この村だけ、時代をいくつか間違えているみたいだ。

野々宮の家は集落の中ほどにあった。どうぞ、と戸を開けられるまで、ここに人が住んでいるとは信じられなかった。

大変失礼だが、ボロい。ものすごく。涼音のオンボロ平屋が豪邸に思えるほど、ボロい家だ。廃屋といっても差し支えないほどの様相に、二の句が継げなかった。

表札はむしり取られたように消失し、玄関の引き戸は磨《す》りガラスが割れている。案内された屋内もひどい有様《ありさま》だった。床にはところどころ穴が開いていたし、障子は破れっぱなし、ぱらぱら降ってきた木屑《きくず》に顔を上げれば、なんと天井にも穴が開いていた。雨が降ったら、家の中でも傘を差さないといけないほどの。

野々宮はそんな荒廃した家の中を、気にした様子もなくずんずん進んでいく。涼音は危険物を踏まないように注意してついていった。

案内された縁側にはおにぎりと漬け物、お茶やお菓子が用意されていた。お盆に載っているそれらは、さすがに古くはなさそうだ。

「鈴鹿さん、座って座って」

濡《ぬ》れ縁《えん》に腰かけた野々宮が自分の隣をぽんぽんと叩《たた》く。そのたびに埃《ほこり》が舞い上がった。

家の中はしんと静まりかえっていて、心なしか空気まで冷たい気がする。一緒に農作業をしていた野々宮の家族は休憩しないのだろうか。母親の姿も見えない。

涼音はそっと縁側に腰かけると、野々宮の耳元に口を寄せた。

「ねえ、なにか困ってない？　私、きみを探しにきたんだよ」

野々宮はゆっくりこちらを向いて、首を傾《かし》げた。相変わらずの朗らかな笑顔で。

「鈴鹿さん、リュック下ろしたら？」

「本当に、ここが野々宮くんの実家なの？　だれかに脅されて、そういう振りをしてるんじゃなくて？」

「やだなあ、そんな物騒なこと考えてたの？　だからずっと険しい顔してたんだ？　心配してくれるのは嬉《うれ》しいけど。……あ、そうだ、鈴鹿さん」

野々宮がぽんと手を叩く。

「ここで一緒に暮らさない？」

「…………はあ？」

「俺たちと一緒に」

「いや、え、なんで？」

「俺、鈴鹿さんのこといいなって思ってるから」

一瞬聞き流しそうになった。野々宮が、表情を変えずさらりと言ってのけるから。

意味もなく手があたりをさ迷って、とっさにきゅうりの漬け物をつまんで口に放り込む。

ひと嚙《か》みした瞬間、浮ついた焦りが急速に引いていった。

――違う。

野々宮の実家の漬け物なら、涼音は食べたことがある。自家製のぬか床に漬けられたきゅうりはとてもおいしかった。つまり、そう、この味ではない。

「ねえ、ぬか床変えた？」

「鈴鹿さん、この村どう？　いいとこでしょ？」

「……みんな愉《たの》しそうだし、笑顔だし、いいところなんだとは思うけど……ねえ、野々宮くん、本当に何も――」

腰を浮かせた涼音の手を、野々宮が掴《つか》んだ。

張りついたような笑みを見て、肌がざわりと粟立《あわだ》つ。この集落の人たちが浮かべている笑顔はみんなおなじ。真っ黒い瞳は、涼音を通り越してどこか遠くを映している。

「あらあら、二人ともなにやってるの？」

家の中から女の声がした。照明も壊れているのか、振り返った屋内は暗い。

「お袋」と野々宮が呼びかける。目が暗闇になれるにしたがい、女の顔がはっきりする。

「……ねえ」

声が震える。野々宮に掴まれた手が、冷えて痺《しび》れている。

「このひとが、野々宮くんのお母さんなの？」

「そうだよ？　どうしたの、鈴鹿さん」

震えてるよ、といたわるように、野々宮が立ち上がり、涼音の背を撫でた。

「ちがうよ」と首を振った。「このひとは、野々宮くんのお母さんじゃないよ」

背中をさする野々宮の手が、ぴたりと止まる。

暗がりに立つ女が、笑顔のまま静止している。

息子の消息を尋ねて大学に来た女は、目の前の女とは別人だ。不安ではち切れそうな顔で、野々宮の友人知人を訪ね歩いていたのは、この女ではなかった。

「野々宮くん。一緒に来て。ここ、変だよ」

「鈴鹿さん、俺たちと一緒にここに住もうよ」

「野々宮くん！」

「いいところなんだよ、この村は。な、お袋」

「そうねえ。この家には女の子が足りないと思ってたの」

涼音の必死な言葉は、野々宮に届かない。離れようとしたが、野々宮は逆に涼音の手を引き寄せた。こみ上げたのは恐怖だった。この時はじめて、野々宮が怖いと思った。

「――……やっ」

悲鳴が喉の奥でつっかえる。

不意に、視界を漆黒が横切った。

片耳の欠けた、金眼《きんがん》の黒猫が。

跳び抜きざま、黒猫の爪が、野々宮の腕を引っかく。拘束が解け、涼音は体勢を崩す。

「呼べ！」黒猫が言う。

「大嶽丸！」涼音は応えた。

黒猫は宙でくるりと一回転する。力強く着地した足は、鋭い爪を持つ鬼の足だった。

部屋の中から女が走り出てくる。その指が届くより早く、大嶽丸は床を蹴った。

尻餅をつきそうになっていた涼音を片手で抱き上げ、庭先へ飛び降りる。

そのまま軽やかに生け垣を飛び越え、集まってくる村人を押しのけ、蹴り倒し、包囲を突き破って駆け抜ける。圧倒的な力で、行く手を塞ぐものをなぎ倒していく。

大嶽丸の首に回した両手に力をこめた。首元に顔を沈める。夜の森のような鬼の匂いを吸い込んで、ほっとしている自分がいる。

この鬼は大丈夫。彼は誰にも負けない。そして、調伏した涼音には逆らえない。だから、大丈夫。絶対に。

大嶽丸のもう片方の手が、涼音の背中に回された。両手でぐっと抱き寄せられる。

風がびゅうびゅう後ろへ流れていく。目を閉じた。

鬼神の少し高い体温が、冷え切った涼音の手をゆっくり温めていった。

○

山をいくらか分け入ったところで、大嶽丸は涼音を抱えたまま器用に木に上った。葉陰からしばらくじっと集落をうかがってから、ようやく躰《からだ》の力を抜く。

「ひとまず、振り切ったぞ」

涼音は埋めていた大嶽丸の胸から顔を上げた。

あたりには木々のざわめきと鳥のさえずり、時折、動物が枝を踏み折る音だけが漂っている。薄曇りの光は、茂った葉に遮られて涼音の元には届かない。

詰めていた息を吐いた瞬間、唇が震え始めた。

「……あ、ありがとう」

素直にこぼれた言葉を拾い上げるように、大嶽丸の手が涼音の顎をとらえ、無造作に上向かせる。

「なんだ。泣いてないな」

「だれがこのくらいで泣くか」

顎にかかった大嶽丸の手を押しのけた。反動で躰がぐらりと揺れる。木から落ちそうになった涼音を、大嶽丸が引き戻した。

「動くな阿呆《あほう》」

そう言って鬼は涼音を抱え直した。横抱きの状態で大嶽丸に密着する羽目になる。トレーナー越しに感じる体温に肌がざわざわする。距離を取ろうにも、樹上にそんなスペースはない。ごそごそ躰を動かしていた涼音だったが、やがて諦めて大嶽丸に寄りかかった。

背負っていたリュックからスマホを取り出したが、表示は圏外。ため息をつきつつ、省エネのためにライトをオフにする。

「ねえ、芦屋さん見つかった？」

「あー……」大嶽丸の口元が嫌そうに歪《ゆが》む。「糸瓜《へちま》野郎は役に立たん。隧道《ずいどう》の向こうに足止めされてやがる」

「隧道って、トンネルのこと？　なんで？」

「結界だとよ。この村全体が囲われてる」

「私やあんたは入れたのに？」

そう指摘すると、大嶽丸の眉間のしわが増えた。

「……不本意だが、おれはあのとき猫だったからな」

「うん？」

「結界に干渉する力を持っている奴は弾《はじ》かれるらしい。おれだって、猫じゃなけりゃ通れなかったはずだ」

なるほど、猫の大嶽丸と普通の人間の涼音は、この村にとって無害だと認定されたということか。たしかに腹立たしい。

「ちょっともやっとするけど、まあいいや、そういうことならいったん戻って、芦屋さんと合流しよう。私、いま靴も履いてないし……」

鬼と違って、人間の涼音には靴が必要だ。ずっと大嶽丸に抱えてもらうわけにはいかない。それに、とにかく一度この不気味な村から脱出したい。しかし、

「そりゃあ無理だ」と大嶽丸の答えはにべもない。

「なんで」

「いったん村に入った人間は外に出られない。おれはともかく、おまえは無理だろうな。もう村人として数に入れられてるだろう」

「と、トンネル使わないで、山伝いとかに遠回りしたら？」

「出入り口は一つだけだ。ここ全体がそういう場になってる。入り込んだ人間を囲い込んで、閉じこめる場だ」

「そんな……」

無意識に、涼音の手は大嶽丸の服の裾を握りしめていた。鬼の瞳がちらりとその指先を見て、またすぐ逸《そ》らされた。

「糸瓜野郎が言ってたが、この村は……あー、げんかい？　げんかい集落だと」

「いや、でも若い人だっていっぱいいたよ。大嶽丸も見たでしょ？　限界集落っていうのは、たしか……人口の半分以上が高齢者で……」

「記録の上では、住人は老人三人だ」

「そんな……」

三人しかいないはずの集落に、溢《あふ》れかえる人間たち。野々宮新太と、母親だというまったく別人の女。焦点の合わない真っ黒な瞳と、張りついた笑顔。

「村にいるあの人たちって、もしかして……」

「行方不明の連中だろう。戻った時に失踪者の目録を見た。畑にいたあいつの父親だって奴も、別人。ありゃ陰陽師《おんみょうじ》野郎の仲間だ。ほかの奴らも、本物の身内じゃあない」

GPS反応とともに、行方を絶った陰陽課の調査員が、野々宮の父親のはずがない。

「なんか、気持ち悪い……」

「吐くのか」

「吐いてたまるか」

寄せ集めの家族。見せかけの賑《にぎ》やかさ。とうに破綻したはずの集落に、閉じ込められて家族ごっこを演じさせられている人たち。

まるでジグソーパズルだ。ばらばらの絵柄から集めてきたピースを、無理矢理はめ合わせて力任せに押さえつけている。

「……いや、でも待って。お茶とかおにぎりとかお菓子とか、あれは外から持ち込まれた物資だと思う」

そもそも、この村の荒廃した畑では、村人全員の食料など生産できないはずだ。結界の外から物資を仕入れるルートと人間がいるはず。

そう指摘すると、大嶽丸がにやりと笑った。

「陰陽師もそう言ってた。結界を出入りできる奴がいたら、結界を張った本人の可能性が高いとさ。で、そいつが出入りできるなら、自分も入れるはずだと。どうにか結界をすり抜ける方法を探すから、おまえは当面隠れてるか……気が向けば首謀者を見つけて結界を壊せと言いやがった」

「気が向けば、ね」

「ま、おまえがどうするにせよ、おれがいれば問題はない」

そう言って、大嶽丸は愉快そうにくつくつ笑った。

「……一度、私だけ村に戻って……、仲間になった振りをしてみるとか？　そしたら情報が手に入りやすいかも……」

「なぜ」

大嶽丸の声の調子ががらりと変わる。臓腑《ぞうふ》を鷲摑《わしづか》みにされるような、底冷えのする声。

「なぜ、って、警戒されたままじゃ調べられないし」

「なぜおまえが、そこまでしなきゃならん」

「だ、だって、仕事だし、それに野々宮くんが」

「放っておいても陰陽師の奴がなんとかする。犯人を見つけたいなら、おれが村の連中を片っ端からぶちのめして吐かせてやってもいい」

「いやいや、ダメでしょそれは。犯人以外は被害者なんだから」

「被害者ならなにをしてもいいのか。なにをされても許せるのか。阿呆《あほ》らしい。操られるような弱い人間がいけないんだ。縁もゆかりもない人間のことより、てめえのことを考えてろ。お得意の損得勘定はどうした」

「大嶽丸……」

「おまえがここで動いても、一銭の得にもならん。村の奴らは感謝などしない。いつだってそうだ。いつだって、莫迦を見るのはおまえのほう。永劫《えいごう》報われない。お人好《ひとよ》しも大概にしろ」

大嶽丸の怒りは、涼音を通り越してどこかべつのところを向いている。矢継ぎ早に出てくる文句は誰に対して？　誰に対する憤り？

「……おまえを見てると、苛々《いらいら》する」

顔を背けた大嶽丸の両頰に手を伸ばした。そのまま、パシンと音を立てて頰を挟むと、無理矢理自分のほうを向かせる。

見開かれた金の双眸《そうぼう》に、映っているのは鈴鹿涼音だ。それを確認して、

「私は、鈴鹿御前じゃない」

「……そんなことは分かって」

「分かってない」

大嶽丸の衝動の向かう先は、鈴鹿涼音ではない。大嶽丸が苛々するほどもどかしい思いを抱いていた相手は、千年前に彼を殺した女、鈴鹿御前だ。

「鈴鹿御前がどんなひとだったか知らないけど、私はあんたが思ってるようなお人好しじゃない。損得だって考えてるし、コスパが悪いことは大嫌い。仕事しにきたから、そのぶん働きたいだけ。給料泥棒にはなりたくないし、それに……」

つい両手に力がこもった。頬を挟まれた大嶽丸が眉を寄せる。

「それに、むかついてんの。かなり。こんなことしてるやつに腹立ってんの。好き勝手に人集めてきて、ボロボロの家に押し込めて、寄せ集めの他人同士を家族に仕立て上げて……。まるで、人形遊びみたいに！」

野々宮の家族が、本当の家族が、どれだけ心配して彼を探しているか。

彼の母親にされた女だって、どこかの誰かの大事な人のはずなのに。

「ぶちこわしてやる……こんな村」

完膚なきまでに破壊してやる。

「やられっぱなしで、隠れて助けを待ってるだけなんて、嫌なの」

「おまえは無力だ」

「あんたがいるもの」

「…………」

我知らず、涼音の口元に笑みが浮かぶ。爽やかとは言いがたい笑みだった。どちらかと言えば、悪巧みをする悪役の笑顔だった。

「なんたって私には、最強の鬼神がついてるもの。村人みんな敵に回しても問題ないんでしょ？　私がする無茶を、可能にするのがあんたの役目でしょ？」

「平安最強の鬼」で終わってもらっては困るのだ。どうせなら「令和《れいわ》最強の鬼」になってもらわなくては。

じっと見つめる涼音の視線を受け止めて、呑《の》み込《こ》んで、大嶽丸は片眉を持ち上げた。詰めた息を吐き出すとともに、その躰から力が抜けてゆく。

「……たしかにな、おまえはあいつとは違う」

「鈴鹿御前はどんな人だった？」

いつもならば踏み込まない場所へ、涼音は一歩足を踏み入れる。

「鈴鹿御前はお人好しだった？」

「…………」

「縁もゆかりもない人間を助ける人だった？」

「なぜ、きく？」

「知りたいから」

いま、とても知りたい。命令したいくらいに。ほかの誰かの話でも、ネットの情報でもない、大嶽丸自身の口から聞きたい。

ぽつ、と滴が瞼に落ちた。雨だ。やわらかい雨が、ぱたぱたと葉を叩《たた》き出《だ》す。

天を仰いだ大嶽丸の頬を、雨粒がひとつ、伝い落ちる。

「愉快な話じゃない」

「愉快な話がききたいんじゃない」

「退屈な話だ」

「雨宿りしてるあいだの暇つぶしに、ちょうどいい」

大嶽丸が、頬を包んでいた涼音の両手をそっと握り、下ろさせた。そのまま抱き寄せられ、彼の顔は見えなくなる。

「……おれはあの女が大嫌いだ。憎んでる。目の前に現れたら、この手でためらいなく殺せるほどに」

涼音は目を閉じた。雨音はするが、雨は涼音に届かない。張り出した梢《こずえ》と鬼神の躰が、彼女を雨から守っていた。

○

「あの女と逢《あ》った日も、雨だった」

人里離れた山中の街道を、大嶽丸は歩いていた。その道は、北の海から都へと続く道で、よく行商が通るのを知っていた。久しぶりに魚でも食べようと、行商が通るのをぶらぶら歩きながら待っていたのだった。

煙るような雨があたりに満ちていた。細かい雨粒の舞い踊る山中、行く手に魑魅魍魎《ちみもうりょう》が群れているのが見えた。たいした害悪にもならない、力のない邪鬼ども。

弱いものを見ると、全身がざわついてどうにも落ち着かない気分になる。

気づいたときには、大嶽丸は邪鬼を握り潰していた。悲鳴さえ、か弱い。

「なにをしている」

逃げ惑う邪鬼たちを片端から屠《ほふ》る背中に、声がかかった。凜《りん》と冴《さ》えた声だった。

顔を上げると、街道にひとりの人間が立っていた。格好は男のようだったが、腕と首の細さは女のものだ。深くかぶった笠《かさ》の下に、黒く冷たい目が見えた。矢のように鋭い視線が、大嶽丸を貫いた。

踏みつけていた最後の邪鬼を潰してしまうと、大嶽丸はその人間に飛びかかった。

人間は大嶽丸の手を真っ向から受け止めた。素手で。

そんなことはあり得ないはずだった。人間が、鬼神の力に敵《かな》うわけがなかった。が、現に目の前の人間は涼しい顔で大嶽丸を見つめながら、逆に押し返してきた。たまらず後ろへ跳ぶと、それを凌《しの》ぐ速さで踏み込んできて、腰に下げた剣を抜いた。

瞬《まばた》くほどの間もなく、大嶽丸の頰に一筋の傷が走った。

大嶽丸にとって、自身の躰が傷つけられたのは初めてのことだった。気がつくと口が笑みの形に歪《ゆが》んでいた。声を上げて笑いたいくらいだった。

初めてだった。初めて、互角にやり合える存在に出逢った。

三振りもの剣を自在に操り、鬼神にひけをとらぬ腕力の人間。

三日三晩やり合ったが決着はつかなかった。

その日以来、大嶽丸と鈴鹿は幾度もやり合ったが、最後の一度をのぞいて勝敗がつくことはなかった。


女は鈴鹿山に棲《す》み、近隣の村の頼まれごとを引き受けて、細々と生計を立てていた。

人にはあり得ない腕力を持ち、人には見えないものを見る。

——誤って人の形を与えられた、なにかべつの生きもの。

村人たちはそう言って、鈴鹿を恐れ、疎み、遠ざけていた。

幾度目かの引き分けののち、気まぐれに言葉をかわした。

「わたしは気づいたら山の中に、三振りの剣とともに捨てられていた。山の名をとって、いつのまにか鈴鹿と呼ばれていた」

母の乳と名の代わりに、三振りの剣を手にした女は、そう言って笑った。人は鈴鹿を受け入れなかったが、その人知を超えた力には頼った。そして鈴鹿は頼られれば常に応じた。成果を上げても、人里に迎え入れられることはないのに。

人にも妖怪にもなれない、あわれな女。両者の狭間《はざま》で居場所を求めさまよっている。三振りの神剣で妖怪を斬って斬って斬って、一方で、足が折れたせいで群れから追い出された八咫烏《やたがらす》などを手下にしている、よく分からない女だった。

言葉をかわすことは稀《まれ》だったが、鈴鹿が口にする言葉すべてが、大嶽丸にとっては不可解で、新鮮だった。

「どこから来て、どこへ行くのか」

鈴鹿がふと呟《つぶや》いたことがある。大嶽丸に引き裂かれ、血を流す脇腹を押さえながら。

「どちらか片方でも知っている者は、幸いだ」

「ずいぶん容易《たやす》く手に入る幸いだな」

大嶽丸は言い返した。鈴鹿に斬られた頬の血を払いながら。

「おまえは知っているのか？」鈴鹿が言った。「おのれがどこから来てどこへ行くのか」

「おれにはそんなの関わりない」

強がりでもなんでもなかった。そんなことは大嶽丸にとって心底どうでもいいことだった。必要なのは「現在《いま》」だけで、その前後に興味はなかった。

思えば自分たちの出自は似ていた。どちらも気づいたらそこに存在していて、自らに繋《つな》がるものを何ひとつ持っていなかった。

いや、と、大嶽丸は思い直す。互いにひとつは持っていた。鈴鹿には神剣があったし、大嶽丸には名があった。目覚めた瞬間から、誰に教えられるでもなく、それが自分の名だと大嶽丸は知っていた。

「わたしたちは、これからどこへ行くのだろう」

鈴鹿の言う「どこ」が、単純に場所のことではないと大嶽丸にも分かった。鈴鹿の年ごろの女なら、もう男と番《つが》い、子を産んでいてもおかしくない。だが、そんな生き方は鈴鹿には似合わないと思った。そんな生き方をする鈴鹿は見たくないと思った。

「どこへ行くかなんて考えたことはない。気が向けばどこへだって行くし、気が向かなければどこへも行かん。好きに生きて死ぬだけだ。行く手を阻むものがあればなぎ倒す」

単純明快なことだった。鈴鹿もそうすればいいのだと思った。そうできる力を持っているのだから。

望めば村のひとつ、果ては国のひとつを思い通りにできるだろう。だが、鈴鹿は途方に暮れたような笑みを浮かべて言った。

「大嶽丸、おまえの姿が、わたしには眩《まぶ》しい」

鈴鹿と逢って、いくつの季節が巡ったころか。彼女は突然、人間の男のもとへ嫁いだ。男は蝦夷《えみし》の征討で名を上げた、これもまた人の領分を超えた力を持つ者だった。鬼女、妖怪、大六天魔王の娘だと噂《うわさ》された鈴鹿を討ちにきて、一目見て惚《ほ》れたのだと言う。人の男に迎えられ、魔王の娘は天女と呼ばれるようになった。

昨日の鬼女が、今日は天女。人の変わり身のなんと早いことか。煙たがられていた娘は、今や有り難がられる。

鈴鹿の去った山は、つまらない山になった。


ふたたび鈴鹿と相見《あいまみ》えたのは、それから幾年か経《た》ったころだった。

そのころ、華やかで派手な生活を気に入って、大嶽丸はしばしば正体を隠して貴族の館に出入りしていた。人づてに「鈴鹿御前」の噂を耳にすることもあったが、話に聞く「鈴鹿御前」は大嶽丸の知る「鈴鹿」とはまったく別物だった。

「つまらん女になった」と、そう思っていたある日。突然、鈴鹿の手下の出来損ないの八咫烏がやってきて、大嶽丸を呼び出したのだった。

飛べない八咫烏に導かれた場所は、幾度となく鈴鹿と斬り結んだ鈴鹿山の中であった。

久方ぶりにやり合えると思ったら心が躍った。腹の奥、臓腑《ぞうふ》がふつふつとよろこびに震えていた。

大嶽丸は生まれてはじめて、油断していた。その状態が油断だと気づかぬままに。

待っていた女は来なかった。代わりに現れた者が、鈴鹿の神剣で大嶽丸の首を斬り飛ばした。

その男が、鈴鹿の夫となった人間だと、血溜《ちだ》まりの中で理解した。

そして、首を失った鬼神の躰を剣で貫いたのが、
血溜まりの中で怨嗟《えんさ》を吐き出す鬼の首に、とどめを刺したのが、

「鈴鹿だ。あいつはおれを騙《だま》し討《う》ちにしたんだ」

大嶽丸は千年前の最後の記憶をそう締めくくった。

黙って耳を傾けていた涼音は尋ねる。

「ねえ、あんたを殺したのは、鈴鹿御前じゃなくて、その旦那のほうなんじゃないの？」

「あの剣は、鈴鹿の許しがなければ誰にもあつかえないし、なにも斬れない」

だから、首が斬れたということは、彼女がそれを望んだということだ、と。

「あの野郎の手柄にするつもりだったんだろう。おれの名は都に知れ渡っていたからな」

「でも……」

「おまえ、なにも覚えてないのか？」

「私は鈴鹿御前じゃないもの」

「だが、その剣を使える」

大嶽丸がリュックを指さす。神剣を持っていることは言っていなかったのに、この鬼神には分かるらしい。鈴鹿の家に伝わっている神剣、顕明連。三振りの剣のうちのひとつ。

「おれの躰を封じていた剣も、おまえが抜いた。あれは鈴鹿にしか抜けないはずだった」

「そんなこと言われてもね……。もし、もしの話だよ？　あんたの言うとおり、私が鈴鹿御前の生まれ変わりで、彼女の記憶を……あんたを殺した記憶を持っていたら？」

どうするの、と問えば、

「殺す」

シンプルな答えが返ってくる。

涼音はそっと息を吐く。顔を上げようとしたら、大嶽丸の手に頭を押さえられた。

力では鬼に敵わない。だから仕方なく、その胸に頬を寄せて目を閉じた。

「……私は、あんたの鈴鹿じゃない」

雨はいつの間にかあがっていた。

○

「野々宮くん、ただいま」

大騒ぎして逃げ出した場所に何食わぬ顔で戻ってみれば、野々宮が明るい笑顔で迎えてくれた。騒ぎなど一切なかったように。

「鈴鹿さん、おかえり。あ、猫も一緒に戻ってきたんだ？　雨が降ってきたから心配してたんだよ。濡《ぬ》れなかった？　ちょっと待ってて、タオル持ってくるから」

奥へ引っ込む野々宮を見送って、涼音は玄関に放置していた靴を履いた。すでに太陽は山際に溶け落ちていて、照明のない家全体が闇に呑《の》まれている。

野々宮はこの状況下でも変わらずやさしかった。

彼はやさしくしようと思わなくても、他人にやさしくできる人なのだ。

そんな青年を操っている悪意に、猛烈に腹が立つ。

「ごめん、きれいなタオルなかった。でもちょうどいいや、これから守り神さまにお参りしにいくから、そこで必要なものをもらおう。鈴鹿さんも紹介しないといけないしね」

「守り神？」

「うん、この村には夫婦の神さまがいてね、外の世界から村を守ってるんだ」

野々宮に先導されて、アスファルトがひび割れた道をどんどん進む。大嶽丸もごく普通の猫の振りをして後ろからついてきた。

大勢の村人が続々と道に出てくる。みんなそろっておなじ方向を目指して歩いていた。全員無言。足音だけがいくつも重なって、大きな生きものが移動しているようだった。

連れていかれた先にあったのは一軒の廃屋。人が集まっていたのは裏手の庭で、そこにはすでに五、六十人が集っていた。

大勢集まっているのに、異様に静かだ。息遣いだけが聞こえる。

村人たちの視線の先には、濡れ縁に立つ老年の男がいた。横には段ボール箱が積まれており、彼はその箱を示しながら「守り神さまからの賜《たまわ》り物《もの》だ」と言った。

守り神、と言う時、男は背後を振り返った。彼の後ろ、ぼろぼろの障子戸は閉じられている。破れた障子の向こうには暗闇がこごっていた。

そこに、なにかがいた。

よく見えないというのに、なにかがいるのは分かった。男の言う通り「守り神さま」なのか。それにしては、漂う雰囲気は禍々《まがまが》しく、どんよりしている。

障子の奥をもっとよく見ようと目をこらしていたら、縁側に立つ男と目が合った。

「きみは」

男の声は群衆の頭上を越えて涼音のもとへ届いた。

「俺の友だちです」野々宮が言った。「あと、猫のえさってありますか」

「……今日はない。犬のえさならうちにあるから、それをやろう。もう要らないから」

ありがとうございます、と頭を下げる野々宮を横目に、涼音は黒猫の隣にしゃがんだ。

「ねえ、野々宮くんっていまどういう状態なんだろう。おかしいのはおかしいけど、性格は変わってないよね。やさしいし、気が利くし」

「知るか」

「場の支配が完全じゃねえんだろ。それか、神剣の影響だ」

すぐそばから聞こえた別の声に驚いて、涼音はその場に尻餅をついた。毛を逆立てた黒猫が見ている先に、ちいさな白いうさぎがいる。耳がなければハムスター。雪で作るような、手の平サイズの餅のようなうさぎが。

「騒ぐな。気づかれるだろうが」

「え、そのやさぐれた声は……もしかして、芦屋さん？」

飛びかかろうとしていた黒猫の頭を鷲掴《わしづか》みにして止め、白うさぎを抱えて立ち上がる。

そのまま、そっと後ろに下がって村人たちから距離を取った。

「どういう仕掛け？　やさぐれた声とかわいい外見が一致してないんですけど」

「村の外から運び込まれた物資に、こいつをまぎれ込ませた。結界に弾《はじ》かれないよう極限まで力を削ったらこうなった。ちょっとの衝撃で術式が解けるから、丁重に扱え」

なるほど、この手の平サイズの白うさぎは、馬車道駅で大嶽丸を足止めした式神か。あの時は頼もしかったが、この小ささでは……。いや、見た目で判断するのは良くない。

「なにができるんですか」

「通話ができる」

「…………へえ」

「いま考えたことを訂正しろ。心の中で謝罪しろ」

「なにも考えてません。偉そうなわりに使えない陰陽師《おんみょうじ》だなとか、これだけ時間かかって用意できたのが通話機能だけかとか思ってません」

「なるほど覚えてろよ。……いろいろ試したが、外からこの結界を壊すのは時間がかかる。というわけで、内側からおまえがやれ」

「……どうすれば？」

白うさぎを肩に乗せて立ち上がった。

「この結界の結び目は三点だ。一点はここで間違いない。家の中から嫌な気配がする」

「神さま、もうひとりいるみたいですよ。夫婦なんだとか」

「じゃあ十中八九、そっちが二点目だな。なんにせよ、どれか一点破壊すればいい。うまくいけば、この村にかかった呪いも同時に解ける」

「結び目ってどんな形ですか？　具体的になにをどう破壊すれば？」

「その時々で形は違う。手っ取り早いのは、障子の向こうにあるもんを片っ端から破壊する方法だな」

「もし本当に守り神さまだったら？」

「斬れ」

簡単に言ってくれる。だが、ほかに手段がないのならやるしかない。

「安心しろ」と足元で大嶽丸が言った。

「障子の向こうから屍臭《ししゅう》がする」

「安心要素がひとつもないんだけど」

「よしんば本当に神だったとして、斬っても当たるのは罰というより呪いだ」

「どっちも嫌だなあ」

涼音はリュックを下ろすと、中から鈴鹿の神剣、顕明連を取り出した。「守り神さま に辿《たど》り着《つ》くためには、集まった村人をかき分ける必要がある。

「ねえ、元の姿に戻すから、私の道をつくって。でも、人間を殺すのはなし」

「めんどくせえ注文だな」

涼音は顕明連を両手で握った。鞘《さや》はつけたままだ。間違って人間に当たっても、これなら打撲程度で済むだろう。縁側で物資を配っていた男がふと、目を上げる。

「……おい、なんだ。それは、なにを持ってる」

「大嶽丸！」

涼音の大声が響きわたる。

地を蹴った黒猫の輪郭が歪《ゆが》み、鬼に変じた。その勢いのままに、集まった村人の中に飛び込む。

「止めろ！　そいつらを押さえろ！」

男が怒鳴った瞬間、村人が一斉に振り返った。虚《うつ》ろな笑みを張りつけたまま、大嶽丸と涼音に手を伸ばしてくる。

突っ切れ、と肩口の白うさぎが言った。

村人を蹴散らす大嶽丸。その背中に向かって、涼音は走った。摑みかかってくる村人の手を、鞘で振り払う。

「痛っ……！」

大嶽丸に追いつく寸前、後ろから髪を摑まれてのけ反《ぞ》った。両側から村人たちが迫る。男も女も、老人も子どもも、笑みを浮かべながら涼音を捕らえようと手を伸ばしてくる。

「鈴鹿さん！」

間近で野々宮の声がして、ふっと髪を引き留めていた力が消えた。

「大丈夫!?　みんないつもはこんなんじゃないんだ！　逃げて！」

そう言って、野々宮は涼音の背中を押す。

「ありがとう！」

野々宮が切り開いたわずかな隙間をすり抜けて、涼音は前へ進んだ。

大嶽丸が涼音を振り返る。二人のあいだの村人たちがなぎ払われる。

「来い！」

伸ばされた手を摑んだ瞬間、引き寄せられ、

「行ってこい」

と、放り投げられた。内臓がひっくり返りそうになる浮遊感。押し寄せた村人たちの頭上を涼音の躰《からだ》がひとっ飛びする。

「大嶽丸のばか――っ！」

こんな突破の仕方があるか。こっちは普通の人間だというのに。

空中で剣を握り直した。障子戸が眼前に迫る。

涼音は着地の勢いで障子に体当たりすると、そのまま室内に転がり込んだ。

体育の授業以来の前転運動だった。回転した躰は、部屋の中央にあったなにかにぶつかって停止する。

「…………っ」

それはちょうど、正座をした人間のシルエットに見えた。闇の中でなお黒く。目をこらしても黒がより濃くなるばかりで細部が見えない。

きっと、これだ。結界の結び目。

人の形をしていたが、人ではなかった。大嶽丸の言う屍臭が、涼音の鼻にも届いた。

顕明連を鞘から抜く。柄を両手で握り、振り上げ、そして、

「やめろぉぉっ！」

男の叫びを背中に聞きながら、剣を振り下ろした。

守り神さま、と男が呼んだ物体が、神剣に両断される。闇が霧散した。

「結びが解けた。こちらも動く」

弾けた闇に煽《あお》られて、肩のうさぎがかき消える。

「あああ、なんてことを……守り神さまが」

散り散りになった黒い靄《もや》をかき集めるように、男の両手が宙をかいている。

守り神が座していた畳の上には、乾いた泥の山ができていた。その土塊《つちくれ》の中から、男は白い棒のようなものを拾い上げる。

白い棒――……それが骨だと気づいて、涼音は呻《うめ》いた。

「その骨……人の？　……守り神さまって、いったい――」

「許さねえからな。おまえ。よくも俺の守り神さまを……」

男が立ち上がり、外の村人に向かって両手を広げた。

「まだ間に合う！　こいつらを殺せ！　村を守るんだ！」

「ちょっ……」

村人たちにかけられている呪いはまだ解けていない。

室内は暗くて、どこに何があるのかもよく分からなかった。縁側から村人が押し寄せてくる。逃げ場を求めて暗闇を探るが、すぐに壁に行き当たる。

剣を握り直した。が、操られているだけの一般人に振るうわけにはいかない。

「でも、こっちだって黙って殺されるわけには……。芦屋さんまだ!?　――……っ」

畳を這《は》ってきた老人に足首を摑まれて、思いのほか強い力で引っ張られる。転びそうになった涼音を引っ張り上げたのは、大嶽丸だった。

「糸瓜《へちま》野郎じゃなくて、おれを呼べよ」

ぼやきながら、涼音の足首を摑んでいた手を蹴った。

「殺すなって注文がなけりゃあな、ことはもっと簡単なんだ。手こずってるのは、おまえの懇願を聞いてやってるからなんだからな」

文句を言いつつ、大嶽丸は涼音を肩に担ぎ上げた。群がる人間を片足で無造作に払いのけ、縁側から外へ出る。

「お、ようやくお出ましかよ」

来たぜ、と大嶽丸が言う。

彼の視線を追った涼音の目が、大きく見開かれた。

漆黒の夜空を、巨大な骸骨が覆っていた。

馬車道駅で見た時の比ではない。まるで入道雲だ。かなり奇っ怪な。

夜空を横切った骸骨の手が、村の外れに下ろされた。何かが叩《たた》き壊《こわ》される呆気《あっけ》ない音が響きわたる。その途端、糸が切れたというように、村人たちがばたばたと倒れていった。

骸骨が壊したのは、おそらくもう一人の「守り神さま」だろう。

直後、巨大な骸骨は空から姿を消してしまった。

濡れ縁《ぬえん》へまろび出てきた男が悲鳴を上げた。

「あああああっ！　せっかく！　村が生き返ったのに！　神さまが！　願いを叶《かな》えてくれたんだ！　せっかくあの方に守り神さまを与えてもらったのに！」

男の血走った目が涼音を捉え、憎悪に歪んだ。

「おまえら、罰が当たるぞ。これは神さまのなさったことなんだからな。神の使いのあの方がそう仰《おっしゃ》ったんだ。この村はまだ死なない。人だって戻ってくる。俺が必ず――」

「守り神さまの骨は、だれのものなんですか？」

大嶽丸の肩から下りて、涼音は尋ねた。

「村に残ってたっていう、あと二人の住人はどこに？」

「………………」

村に残っていたという住人は三人。そのうちの一人が、この男なら。あと二人は？

――姿の見えない住人は二人。守り神さまも二人。

涼音は濡れ縁に上がり、男のそばに散らばっている骨をもう一度よく見た。

「まさか、あなた」

「殺しちゃいない！」男が叫ぶ。「あいつらは勝手に死んだんだ！　三人しかいないのに、介護疲れかなんか知らんが、二人そろって自殺しやがった。夫婦そろって村の守り神になれたんだから、あいつらだって本望だろうよ！」

泥の中に埋もれている白骨。彼らだって、死んだあと、よもやこんな扱いを受けるとは思っていなかっただろう。

「俺は願っただけだ。村に人が戻ってくるようにって。俺は悪くない。願って、そして聞き届けられた。神さまが叶えたんだ。村にまた活気が戻ってきた。人は勝手に集まってきたんだ！ 俺が無理矢理連れてきたわけじゃない！」

「どれだけべつの人間で穴埋めしたところで、いなくなったひとの代わりになんか、ならないでしょ！」

ふつふつとわいてきた怒りが、涼音の口からほとばしる。

「失ったものは二度と戻んないの。残ってるものを大事にするしかないの」

「俺にはなにも残ってない。この村がすべてだ。ほかにはなにもない」

「だからって、ほかのひとのものを奪う権利は、あなたにはない」

「俺は犠牲を払った！」

「そりゃあ飼い犬のことか？」

突然聞こえた声は芦屋のものだった。いつの間に来たのか、倒れた村人の向こうに芦屋と五月の姿がある。煙草《たばこ》をふかしながら芦屋が続けた。

「結界の結び目は三点。二点は人骨、残りの一点も確認したが……あれは犬の骨だ」

男の躰は壊れたおもちゃのように震えている。

そういえば、さっき犬のえさならあると言っていた。「もう不要になった」、と。

「……殺したの？」

「ど、どうせもう寿命だったんだ！　しょうがないだろう、死体が三つ必要だって、あの方が言ったんだ。あいつの死には意味があった。あったはずだったんだ。おまえたちが台無しにしなければ、あいつの命の代わりに村が――」

「誤魔化さないでよ」

放たれた言葉は、自分の声とも思えないほどどす黒い。

「あんたが失ったものは、ほかのなんにも代えられない。あんたは、代えがきかないものを失《な》くしたの」

代えられないから、失うことが怖いのだ。

ほかのどんなものも代わりにならないから、その手にある時に大事にする。

「……代わりが見つかるなら、たいして大事じゃなかったってことでしょ」

「そんなわけないだろうが！　なにも知らないくせに！」

「じゃあ代わりのもので誤魔化さないでよ！　神さまに甘えんな！」

寄る辺もない喪失感なら、知っている。

つらくて、かなしくて。この先もうずっと立ち直れないのではないかと不安になるほどの喪失感なら、知っている。

抱えて生きていくべきだ。代替品に手を伸ばすなんて、許さない。

「守れなかったくせに。持ってるときに守れなかったくせに！　失くしたあとになって、ほかのもので誤魔化すなんて、そんなの――……っ」

この言葉は誰に向けた言葉だろう。こんな相手にいまさらなにを言ったところで無駄だろうに、なにを必死になって自分は言い募っているのだろう。分かっているのに、止められなかった、自分では。

制止をかけたのは大嶽丸だった。

彼の手が涼音の視界をまるごと覆って、そのままぐっと後ろへ引き寄せる。よろけた涼音の背中は、大嶽丸の厚みのある胸に受け止められた。

「…………」

目隠しをして落ち着かせるなんて、暴れ馬とおなじだ。そう思ったけれど、瞼に感じる鬼の手の平がほっとする温かさだったので。泣きたくなるくらい、温かかったので。

涼音は息を吐いて、力を抜いた。

握ったままだった剣が、手から滑り落ちて音を立てる。

「はいはい、そこまで」

二本目の煙草に火をつけながら、芦屋が言った。

「俺は本当に、守り神さまに祈っただけで――」

男の声には、さっきまでの力はなかった。

「あー、いいからもう黙ってろ。そっちのお嬢さんと違って、俺はおまえの動機とか事情にはまったく興味ねえから。知りたいのは一つだけだ。……おまえに神を与えたあの方っていうのは、何者だ？　誰にこの術を教わった？」

男は項垂《うなだ》れたまま、答えなかった。

大嶽丸は興味をなくしたようだった。涼音から手を離すと、さっさと庭に飛び降りる。

「腹が減った。もう帰っていいだろ」

「ちょっと待ってよ」

慌てて剣を拾い上げ、濡れ縁に落ちたままになっていた鞘《さや》を拾い上げた。朱塗りの鞘に剣身を滑り込ませようとした瞬間、手元が狂って剣先が指の腹を滑る。

「痛っ――っつ～……、あ、あれ？」

確実に指を切ったはずなのに、血は一滴もこぼれていない。傷痕さえ見当たらない。残っているのは鋭い痛みだけ。指先が痺《しび》れて動かせないほど痛いのに、見た目には何ひとつ異常はなかった。

「なにやってんだ？　おいてくぞ」

てっきり一人で行ってしまったと思った大嶽丸が、涼音を待って立ち止まっている。

「いま行く！」

答えて、今度は慎重に剣を鞘にしまった。たぶん、角度かなにかの案配で運良く切れなかったのだろう、と結論づけて。

宿に帰っていい、と芦屋に許可をもらって、涼音は大嶽丸の背中を追う。

村ひとつぶんの後片づけは大変そうだが、陰陽課からほどなく増援が来るらしい。とりあえず、涼音は野々宮が無事に帰ってくるのならそれでよかった。

涼音が追いつくのを横目で確認してから、大嶽丸は歩《ほ》を速める。

なんの気なしの仕草だったに違いない。ふわりと持ち上がった片手が涼音の頭をひとつ撫《な》で、何事もなかったように下ろされた。

「…………」

この鬼の考えていることなんて分からない。

こんなふうに隣を歩いていたって、次の瞬間、彼の言うとおり鈴鹿御前の記憶が涼音の内《うち》に蘇《よみがえ》ったら……。きっと、躊躇《ちゅうちょ》なく大嶽丸は涼音を殺す。

生まれ変わりなんて信じない。

失ったものは二度と戻らない。

鈴鹿御前は失われた。千年前に。

――鈴鹿涼音は、鈴鹿御前の代わりにはなれない。

○

「ああ……、うん。大丈夫じゃけぇ安心しんさい。警察の人が犯人捕まえてくれとったし、大学にも口利きしてくれたけぇ。……こっちは大丈夫じゃけぇ、お袋はこっちこんでええって……はいはい、また連絡するけぇ」

ビデオ通話が向こうから切られたのを確認して、野々宮新太はスマホを投げ出しベッドに倒れ込んだ。

「はあ、……まあ、休んだのが一週間で済んでほんまによかったわ」

一週間前、猟友会の知り合いづてに頼まれたのは、とある農家で罠《わな》にかかったイノシシをどうにかしてくれ……というものだった。現地へ行って、まだ生きていたイノシシと対《たい》峙《じ》し、どついて殺し、そのあと解体までやったのは覚えている。記憶はそこで途切れていて、次に意識を取り戻したのは見知らぬ病院のベッドの上だった。

担当してくれた警察官が言うには、自分は集団拉致事件に巻き込まれたらしい。その間の記憶はないが、眠らされていただけで、なにかされたわけではないということだった。

家族は大騒ぎだったし母親は泣いていたが、野々宮自身はなにも覚えておらず、事件に巻き込まれたという実感はまるでない。

ただ、長い夢を見ていた気がする。

そしてその夢には、鈴鹿涼音がいた。

夢の中で自分は彼女に告白めいたことをしていて、目が醒《さ》めてそれを思い出して、「ああ自分は彼女のことが好きなのかも知れない」と気づく羽目になった。

躰はなんともなかったけれど、検査だなんだで三日も病院に足止めされているあいだ、鈴鹿が毎日見舞いにきてくれた。警察関係者に知り合いがいて、野々宮の入院のことを聞いたと言っていた。

彼女がまとめてくれた講義ノートのおかげで、大学復帰もスムーズにいきそうだ。

「なんかお礼せんといけんなあ。やっぱし、鈴鹿さんは肉じゃろぅなあ……」

イノシシの解体中に事件に巻き込まれたと言ったら、鈴鹿は「肉がもったいない」と眉を寄せた。そんな彼女のことを、もっと知りたいと野々宮は思う。

明日学食にでも誘おうか、とスマホを取り上げたところでインターフォンが鳴った。返事をしながらドアまで行って、念のために覗き窓から外をうかがう。

立っていたのは、配達員の青年だった。

「宅配便でーす」

ドアを開けてしばし、言葉を失った。そこにいたのが、あまりにきれいな生きものだったから。同性から見てもちょっとドキッとしてしまうほどの、彫刻めいた美しさをそなえた顔で、配達員は笑った。

「これ、お届けものです」

「え、あ……はい、えっと……いや、なんですかこれ」

そこでやっと、男が差し出しているものが目に入った。

刀だ。映画やアニメで見るような、華美な鞘に収まった刀。おもちゃとは思えない重厚感。鞘の下に本物の刀身があってもおかしくない雰囲気が漂っている。

「……頼んでないですけど」

「でもー、着払いなんでー」

妙に陽気な声でそう言って、青年は一歩前に出る。野々宮は後ずさった。

「いやいや無理っす。受け取れないですって」

青年は微笑《ほほえ》んだまま小首を傾《かし》げた。背は野々宮のほうが高いのに、なぜか見下ろされているような気分になる。非の打ち所のない笑顔が、怖い。

「残念ながら、こちらはクーリングオフ不可の商品なんですよ」

「そんなこと言われ——……」

それ以上話すことはできなかった。

衝撃に、声を奪い取られて。

いつの間に引き抜かれたのか、青年の片手には抜き身の刀があった。

刀身は、野々宮の心臓を貫いている。

折れ曲がった野々宮の躰を受け止めて、青年はドアの中へ滑り込んだ。

「ゆっくりお眠り、野々宮新太くん。……千年ものの復讐譚《ふくしゅうたん》か、はたまた哀《かな》しい心中ものか。どちらにしても極上の演目を約束しよう。夢と現《うつつ》の狭間《はざま》の特等席でご覧あれ。さあさあ、たのしい舞台のはじまりだ！」

青年は至極たのしそうに笑いながら、野々宮の心臓から剣を引き抜いた。

血は一滴もついていない。

彼の背後で、音を立ててドアは閉じた。

四章　遥《はる》か想《おも》いは千年を越えて

鈴鹿涼音《すずかすずね》は早起きだ。休みの日でも変わらず六時には目が覚める。生まれてこの方、目覚まし時計というものにお世話になったことがない。

だから、朝の支度にはいつだって余裕があるはずで、そんな彼女がいま玄関前で慌ただしく着替えているのは、同居人の目から自分の服装を隠すためだった。

だがその苦労は、あっさりと水泡に帰した。

「おい、卓の上に置いてあった袋が……あっ、おまえはまたそれで出かける気か！」

ツナギの両袖を腰で結んだところで、同居人の鬼に見つかってしまった。

「ど、どうせ大学で着替えるんだから、最初から着てったほうが手間じゃない」

「おれが見繕ってやった服はどうした」

「あんな格好で土いじりできるか」

「おまえは土いじりしてない時もおんなじ格好だろうが」

「そんなしょっちゅうツナギ着てるわけじゃ……」

大嶽丸《おおたけまる》のじとっとした視線に首をすくめた。たしかに、どうせ汚れるから、という理由よりも、コーディネートを考えなくていい、という理由が大きい。服を選ぶ時、涼音の思考はなかば停止している。

「そんなに服が好きなら、自分の服で遊んだらいいのに……。紙袋なら縁側に置いたよ」

「おまえの服で遊ぶほうがおもしろい」

そう言い捨てて、大嶽丸は縁側の袋を摑《つか》んで庭へ出ていく。

涼音の服にこだわるわりには、自分はTシャツにスウェットという素っ気ない姿だった。ポニーテールに結い上げられた黒髪が広い背中に揺れている。赤い毛先が、朝日を浴びて輝いていた。

鬼というものはみな、大嶽丸のような生きものなのだろうか。

口を開けばうるさいが、美醜に疎い自分がつい目で追ってしまうくらいには、美しいと思う。彫刻のような美しさではなかった。たとえば野生のトラやヒョウを見て「美しい」と思うのに似ていた。しなやかで、強靱《きょうじん》な、圧倒的な存在に惚《ほ》れ惚《ぼ》れするような心持ちで、「美しい」と感じる。

鬼と言われて思い浮かべるのは、真っ赤な般若《はんにゃ》のような顔だったのに、最近イメージが変わりつつある。大嶽丸の場合、角がなければ見た目は人間とそう変わらない。なにをもって、鬼と人とを区別するのだろう。

力のあらかたを封じられているとはいえ、大嶽丸が駆使するのはその手足の怪力のみで、芦屋《あしや》のように特別な術を使うわけでもない。

凶暴で破壊的な性格かと問われれば、一概にそうとも言えない。たしかに、時折どきっとするほど冷酷な顔を見せるが、普段は驚くほど普通だ。

——おれは約束は守る。人間みたいに、平気で欺いたりしない。

出逢《であ》った時、まだ首だけだった大嶽丸はそう言った。いまのところ、彼の言葉に嘘《うそ》はない。調伏されたせいなのか、それとも大嶽丸本人の意志なのか涼音には分からなかった。

この鬼を見ていると、なんだか自分がいやに小さく思えてくる。

こんなにまっすぐで強い生きものの隣にいると、奥底に無理矢理沈めた自分の汚いものが照らされて、暴かれてしまいそうだった。

「………はあ、大学行こ」

気晴らししたいなら土いじりに限る。玄関へ足を向けたところで、名を呼ばれた。

「阿保《あほ》涼音！　おれが植えた花を根こそぎ抜きやがったな！」

どすどすと不機嫌な足音が近づいてくる。「あ」と声が漏れる。残念ながら心当たりがあった。逃げようとしたが間に合わなくて、背後を恐る恐る振り返った。

「雑草だと思って……だって、まさかあんたが庭いじりしてるなんて……」

「おまえは朝顔の芽も見分けられんのか！」

「は？　朝顔なんて植えたの？　食べられないじゃん」

「風流だろうが！」

「ふ、ふうりゅう？ ……風流？ 家庭菜園に風流なんて要らないし。朝顔って種だか花だかに毒がなかった？ 野菜の生長に影響があると迷惑なんですけど」

「おまえの迷惑などどうでもいい。はぁあ……これだから風雅を解さぬやつは……」

「はーいはい。どうせ私はあんたと違って野暮な女ですよ。じゃあ行ってきます」

鬼のぼやきが途切れた隙を狙って、涼音は外へ飛び出す。

空色のスーパーカブを走らせながら、ふと、「行ってきます」とごく自然に言うようになった毎日を思った。

涼音のことなどどうでもいいと言いながら、大嶽丸は気ままにお節介を焼いてくる。気づくと涼音の生活に彩りが増えている。

相変わらずツナギの着用頻度は高いが、最近はほかの服も着ている。家を出る前に鏡をチェックするようになったのも、自分では驚きの変化だ。毎日の食事も、以前はフライパンから直接食べたりしたが、大嶽丸が来てからはちゃんと器に盛っている。盛り付けはもっぱら大嶽丸がやっていて、たしかに、彼が一手間加えるとおいしそうに見えるのだ。

涼音が、自分の人生には余分だとそぎ落としてきたものを、大嶽丸はなんなく拾い上げて、そこら中に散らかすのだ。だから、見たくなくても見てしまう。つい、手が余分なのに伸びてしまう。

ざわざわする。

大嶽丸と出逢ってから、涼音の心はずっと落ち着かない。

二限の農業気象学のあと、涼音は畑でころころ転がっているまあるいスイカ玉を眺めながら、ひとりでお弁当を食べていた。

二年生が主体になって管理しているスイカは、今度の納涼祭で陽気に盛り上がった学生たちに叩《たた》き割《わ》られる運命にある。

いくつかをぽんぽんと叩いて回り、響く音に耳を澄ます。

「うん、いい音。きっといい出来でしょう」

赤くみずみずしい中身が見えるようだ。日光を浴びて鉄球のように熱くなっている皮を撫でながら、涼音は満足げに微笑む。

来週の納涼祭のころにはもう一回り生長して、ちょうどいいサイズになっているだろう。割るだけ割ってスイカの中身を粗末にしている学生には、この大玉をぶつけてやる。

「はあ……平和だな」

畑に向かっていると、心が落ち着いてくる。

手間をかければ畑はちゃんと応えてくれる。気象さえ問題なければ。

日本は天災の多い国だ。対策可能なレベルを超えた気象をお見舞いされると、もう本当に打つ手がない。

天災の一撃は容赦がない。まるであの、限界集落で「守り神さま」を叩き潰した、巨大な髑髏《どくろ》の一叩きのように。問答無用ですべてをぺしゃんこにする。

畑は、条件が整えばまた作り直せる。ダメになった作物は戻ってこないけれども、作り手が生きていて土壌があれば、復活できるかも知れない。

本当に畑が消えるのは、作り手がいなくなった時だ。人間は、一度壊れたら元通りにはならない。死んだら終わり。割れたスイカは戻らない。

それに比べたら、あの限界集落がかつての賑《にぎ》やかな姿を取り戻すほうが、まだ可能性がある。実際、集落にひとり残った男は、いっときとはいえ願いを叶《かな》えた。

彼のしたことは許せないけれど、彼の気持ちは分かってしまう。

もし、自分に同じような選択肢が与えられたら……と、父と母の顔が思い浮かんだ。いなくなった人間を取り戻す手段があると知ったら、たとえ嘘っぱちの神さまだったとしても自分は縋《すが》ってしまうだろう。

だから。と、涼音は願うように思う。

だから、そんな都合のいいことは起こらないのだと、世界には証明し続けて欲しい。

時間は巻き戻らない。

失ったものは返ってこない。

死んだ人間は生き返らない。

世界は平等に厳しく残酷で、奇跡《きせき》なんて起こらないのだと。

どんな力を持っていても、ズルも抜け駆けもできないのだと証明し続けて欲しい。

○

「はいこれ。つっちーから預かってきたお土産だよ～」

五月《さつき》が持ってきた紙袋には、桐箱入《きりばこい》りの煎茶が入っていた。なぜ無駄に桐箱に入れるのか。しかも中は布張り。高そうだ。値段は怖くて聞きたくない。

そういえば、土御門《つちみかど》に「お茶は好きか」ときかれた覚えがある。自分はなんと答えたろう。嫌いとは言っていないはずだが、まさか桐箱入りのお茶を送ってくるとは。

「なんでこんな……」

「おまえの出す茶がまずくて哀れに思ったんだろ」

後ろから伸びてきた大嶽丸の手が、涼音から缶を取り上げる。

「……お、いい茶だな」

缶を開けて茶葉の匂いをかいで、大嶽丸が片頬を緩めた。

「ふうん。じゃあ今日はこのお茶を淹《い》れてみよう」

缶を取り戻そうとすると、手の届かないところへ遠ざけられた。

「おれがやる。おまえが淹れると……せっかくのいい茶葉がもったいない」

「なんですって」

「まあまあ、お茶はそいつに任せて、ずっちはこっちおいでよ」

五月に背中を押されて居間へ行くと、家主よりもくつろいだ様子の芦屋がいた。胡坐《あぐら》をかいて、片方の足に肘をついている。

会うのは限界集落での事件以来だが、半月ほどでやさぐれ度合いが増している。

「なんか、疲れてます？」

「……人手不足は悪だ。俺はこんなに働くために人間に生まれたわけじゃない」

「疲れてますねえ」

無精ひげの生えた顎をかきながら、芦屋は深々とため息をついた。隣に座った五月はシヨートパンツにカーディガンという姿で、大ぶりな金のピアスが耳元で揺れている。

なんともちぐはぐな二人組だ。五月が芦屋のよれた衿《えり》を直し、髪についた寝ぐせを直しているのを眺めながら、涼音は気になっていたことを尋ねた。

「あの……、この前の限界集落の……真犯人ってわかったんですか？」

「いや、記憶が曖昧になるようご丁寧に術をかけていったらしいな。顔も思い出せねえ。あの場を利用して、どうも人間を集めてた節がある」

「集めて……それで？」

「わからん。どうせろくでもねえこと企《たくら》んでたんだろ」

「でもほら、あたしたちが壊しちゃったからさ。もー大丈夫じゃん？」

ぐっと拳を握る五月を横目で見て、芦屋がまたため息をついた。

「ああいう場がほかにもある可能性は残ってる。大元をどうにかしねえと同じことだ。……真犯人、仮にXと呼称するが、こいつはたぶん、うちがずっと追ってるやつだ」

「そのXって人は、ああいう事件をほかにも起こしてるんですか？」

「……陰陽課《おんようか》の源流が陰陽寮《おんようりょう》にあるってことは話したよな」

涼音が頷《うなず》くのを見て、芦屋は続けた。ひどく面倒臭そうだったが、一応説明はしてくれるらしい。

「陰陽寮自体は明治に入って取り潰されてるが、それまで溜《た》めに溜めた呪物やら呪具やら、鬼や妖怪や霊を封じたもんはよそに保管庫があったんだよ。まあそれが、大正十二年の関《かん》東大震災《とうだいしんさい》で建物が崩壊して、その後の火災やら戦争のどさくさで大部分が流出した」

「それは……けっこう、おおごとでは？」

「おおごとだよ。うちはその回収にも追われてるわけ。で、それだけでもかなりヤバいってのに、その流出品を積極的に集めて悪用してるやつがいる。それが件《くだん》のX」

「目的は？」

「さあな。土御門は愉快犯説を推してるが、だとすれば相当に暇人だ」

「売ってお金に換えるっていうなら、同意できますけど」

「同意するな。で、いま俺の休みを奪ってる事件の黒幕も、そいつの可能性がある。……ここいらで最近、辻斬《つじぎ》りが出てる」

「…………え？」

にわかには脳が受け付けなかった。つじぎり。辻斬り？　時代劇でしか耳にしたことのない言葉だ。

聞き間違いだといいなと願って確認しようとした時、「ほらよ」とちゃぶ台に湯呑《ゆの》みが置かれた。涼音と五月の前に一つずつ。鈴鹿家には湯呑みは二つしかない。芦屋の分はどうするのかと思っていたら、大嶽丸は最初から彼の分を用意していなかったようだ。

じとっとした目でちゃぶ台を見ている芦屋から目を逸《そ》らし、涼音はお茶に口をつける。芳しい香りがふわりと鼻腔《びこう》をくすぐる。次の瞬間、舌に煎茶の甘みが広がった。

「ん……おいしい……」悔しいが、とてもおいしい。

「すずっちの淹れたお茶、激マズだったもんねー」

「……いや、土御門さんの茶葉で淹れれば、私だって……」

五月の感想にショックを受けていると、「ほらみろ」という大嶽丸の表情に止めを刺された。立ち去ろうとする背中を呼び止める。

「話、聞いていかないの？」

涼音があとで説明するより、一緒に話を聞いたほうが効率的だ。しかし、振り返った大嶽丸の顔はとりつく島もない。

「おれはそいつらと馴《な》れあうつもりは毛頭ない」と、冷えた目で芦屋を見下ろす。

「鬼や妖怪を封じただと？　そもそもは、おまえら人間が自分たちでつくりだしたもんだろ。それを逃がして、慌てて回収してるのもおなじ人間だ。自業自得としか思えん。火のないところに立てた煙を、せいぜい必死に消しやがれ。……そいつを巻き込むな」

そいつ、と言うとき一度目が合ったが、すぐに視線は逸らされた。大嶽丸はさっさと部屋を出ていってしまう。

「どういうことです？　鬼や妖怪をつくったのって、人間なんですか？」

ちゃぶ台に身を乗り出す涼音を制して、芦屋が五月に言った。

「おれにもそのクソ高い茶をよこせ」

「はいはい。あたしが淹れてきたげるよ」

五月が台所へ消える。居間には涼音と芦屋の二人が残された。

芦屋は胸ポケットから煙草《たばこ》を出し、ライターに火を点火したところで手を止めた。禁煙だと言ったことを思い出したのだろう。

「……陰陽寮ってのは、天文の観察、暦の作成、各種占術、時刻管理が主な職務の、技術官僚の集団だ。もともと、大陸から入ってきた陰陽五行説《いんようごぎょうせつ》の思想がベースになってるが、陰陽道《おんようどう》自体は日本で独自に発達してる。

天文の動きに異変があればお上に報告。地上に災異があれば原因や意味を占った上で祭祀《さいし》呪法で対処する。知識がありゃ誰でもできる。呪文を唱えてビームで攻撃……みてえな超常能力は、本来陰陽師《おんみょうじ》にはなかった」

「でも、芦屋さんは式神使ってるじゃないですか」

馬車道駅で見た鷲《わし》の翼を生やした虎や、巨大な白うさぎ。大嶽丸を調伏した力も、芦屋のものだ。あれらを超常能力と言わずなんと言う？

「おまえは、怪異がどうやって生まれると思う？」

予想外の質問に戸惑ってしまう。怪異というのが鬼や吸血鬼のことなら、彼らは人間とおなじく、ごく自然に生まれてきた……としか思えない。

「どうやって……って言われても……」

「人間が在ると信じるからだ」

芦屋の指先がちゃぶ台をコツンと叩く。

「信じるから？」

「恐怖に駆られた人間が、暗闇になにかを視る。そこになにかが在ると思う。怪異っていうのは、闇をこねてつくった粘土細工みたいなもんだ。観測者がいて、初めて成立する。

……おまえ、ダイダラボッチって知ってるか？」

「巨人でしたっけ？」

「ああ。諸説あるが……昔は、山や川は巨人がつくったんだろうと信じられていた。国つくりの神、すなわち巨人に対する信仰があった。山には巨人が棲《す》んでいる――そう信じる人間がいるからダイダラボッチは存在する。……この現代で、ダイダラボッチの目撃例が少ないのは、信じる人間も少ないからだ」

「じゃあ吸血鬼はどうなんです？」

「ありゃあ本を正せば血を媒介に感染する病気だ。が、日光、十字架、にんにく、招かれないと他人の家に入れないっていうのは、やっぱり人間がそう信じたから。吸血鬼本人もそう信じ込み、自己暗示は血に刷り込まれて他者に受け継がれる」

「私、吸血鬼の目を見て、実際にめまいに襲われましたけど」

「催眠術だ。吸血鬼だと知ってる人間のほうがかかりやすい」

「あれが、催眠術……？」

「怪異は得てしてそういうものだ。人間の集団妄想、恐怖が形になったもの。そもそも考えなければ生まれない。想像しなければ存在しない。陰陽師はそれを利用して、歴代権力者に取り入った。あの鬼が言ってるのはそういうことだ。怪異を退ける陰陽師が、貴族社会で自分たちの価値を高めるためには、この世は怪異で溢れている必要があった」

悪があるから、正義の味方が輝くように。

怪異があるから、それを退ける陰陽師が必要になる。

「ただそこにあった闇を、こねて形をつくって名を与えた。すべて人間の恐怖や好奇心がやったことだ。そして救いようがないことに、夜なお明るい現代社会でも、新しい怪異は日々生み出され続けてる」

想像されるから存在するのが怪異なのだとしたら、大嶽丸はいったいなんなのだろう。

気づいたらそこにいた、と。岩山の上で目を覚ました大嶽丸は、なにに紐付《ひもづ》くこともなく、ただひとりきりで生まれたと言っていた。

──どこから来て、どこへ行くのか。

人間の枠からも、怪異の枠からもはみ出た存在。ぽつんとひとり、枠から外れて存在している、孤高の存在。たったひとりでどうしてあんなに強く、堂々としていられるのか。

父と母をなくしてひとりになった自分は、立っているだけでやっとなのに。

「はいはい、むつかしい話はそのへんにしてさ。一服しよ」

いつの間にかそばに立っていた五月が、芦屋の前にマグカップを置いた。

「それよりさぁ、本題は？　話さなくていいの？」

「ああ、そう……辻斬りだ辻斬り」

芦屋はマグカップにつけた口をすぐに離した。意外にも猫舌らしい。

「すでに犠牲者が出てる。情報規制はかけてるが、これ以上被害が増えると、伏せておくのも難しいだろうな」

「で、その犯人がXなんですか？」

「本人か、また他人を使ってるか不明だが、裏にそいつがいる可能性は高い。被害が集中しているのはこの近辺だ」

「またですか？」

吸血鬼事件から日が浅いというのに、今度は辻斬り。最近、ご近所の治安が悪い。

「私と大嶽丸も捜査に加わるんですかね」

「いや……当面おまえたちは待機だ。なにか気づいたら、連絡だけはしろ」

大嶽丸にも伝えるように、と言い置いて、芦屋と五月は帰っていった。

ちゃぶ台に残った空の湯呑みを片づけていたら、大嶽丸がふらっと戻ってきた。

「ねえ、芦屋さんの話だけど」

「辻斬りだろ、辻斬り」

「あ、聞いてたんだ」

「聞きたくなくても聞こえてきたんだ。そんなことより、茶を淹《い》れる道具を揃《そろ》えろよ」

辻斬りより茶道具を気にかける鬼神と、お茶の味より辻斬りを捕らえる方法を考えている人間の自分。並んで台所に立っている自分たちの、なんとちぐはぐなこと。

急須は以前割ってしまって以来新しいのを買っていなかった。なくてもなんとかなる。

「そんなことより」と、大嶽丸の口調を真似《まね》る。「問題は辻斬りのほうだって」

鬼の首に出くわすわ、吸血鬼の訪問を受けるわ、辻斬りは出るわ……。

「興味ない。勝手に斬らせておけ」

「そんなわけにはいかないでしょ」

待機と言われたけれど、地元民の強みで何か役に立てないだろうか。近所の治安が悪いのは、涼音としても不安である。

「……このままえみたいに、また囮《おとり》になっ――」

「おまえは阿呆《あほう》の極みか！」

突然の大嶽丸の怒声が、言葉の先を吹き飛ばした。

「そんなに金が欲しいか」

「――……っ」

間近から睨《にら》み付《つ》けられ、その迫力に息を呑んだ。

たしかに今回も、犯人を捕まえれば解決報酬が出るだろう。だが、今回はお金のことを考えていたわけではなかった。単純に近所の平和を取り戻したかっただけだ。けれど。

金が欲しいか、と問われれば。答えは決まっている。欲しい。とても。

「私は……、家を取り戻したいの。家族で過ごしたあの家を、絶対に取り戻す。そのためには、お金が必要なの」

母が生まれ育ち、父がやってきて、一緒に暮らし、そして涼音が生まれた家。母のそのまた母も、あの家で生まれ育った。

父にも母にも親戚はいない。涼音に繋《つな》がる血縁者は、もうひとりもいない。

物しかないのだ。あの家と神剣と、ここに持ってくることができたわずかな物だけが、
自分に繋がるたしかなもの。

質屋の八田《やた》が手伝ってくれなかったら、すべて差し押さえられて、根こそぎ持っていかれていたろう。

「神剣は取り戻した。あとは、家だけ」

ほかの物は手放せても、このふたつは諦められない。絶対に。取り戻す。

手を伸ばせば届く距離に大嶽丸が立っている。間近に立つと、涼音の身長は彼の胸元までしかない。見下ろしてくる金の瞳に、自分という人間はどう映っているのだろう。滑稽に見えているだろうか。

茶化すでも呆《あき》れるでもなく、大嶽丸はただまっすぐ涼音を見下ろして言った。

「家を取り戻したところで、おまえの親は戻ってこない」

「そんなの……」分かっている。もちろん。

「この前、おまえが自分で言ったことだ。『失ったものは二度と戻らない。残ってるもの

を大事にするしかない』」

限界集落で、最後の住人である男に放った言葉が、ブーメランで自分に刺さる。なんであんなに必死に言い募ったのか、いまならわかる。

「……でも、家はまだある。お金さえあれば取り戻せる。私はまだ、失ってない」

あの男とは違う。お金があれば解決できる。まだ失われていない。努力すれば、その分ほかの何かを我慢すれば、取り戻せる。

「おまえは、家を取り戻したいんじゃない」

大嶽丸の声には容赦がなかった。冴《さ》え冴《ざ》えとした冷たい夜の声で、彼は続ける。

聞きたくなかった。それなのに、耳を塞ぐこともできなかった。

「そこで過ごした、過去の時間を取り戻したいんだ。家はただの入れもので、おまえが取り戻したいのは中身だ。だが、中身なんざとっくに——」

「うるさい！」気づいたら叫んでいた。「うるさいうるさいうるさい！」

大嶽丸の眼を見られない。見られたくない。見たくない。聞きたくない。

「それ以上言ったら……」

「言ったら、どうする」

俯《うつむ》いた涼音に、大嶽丸の骨張った手が伸ばされる。長い指だった。いつもの荒っぽい仕草からは想像できない、どこか戸惑いを残した、緩慢な動きだった。

涼音は動けず、ただ、迫ってくる大嶽丸の手を見つめていた。指の腹が涼音の頬に触れる、直前――玄関の戸を叩《たた》く音が廊下に響いた。

「鈴鹿さん、いる？」

戸の向こうから野々宮《ののみや》の声がする。

涼音は一歩後《あと》ずさった。大嶽丸の手が、ふたりのあいだに取り残される。踵《きびす》を返《かえ》して玄関に向かいながら、首から提げた笛を吹いた。背後で、大嶽丸が猫に変じる気配がした。

「野々宮くん、どうしたの？」

戸を開けると、クーラーボックスを掲げる野々宮の笑顔があった。

「これ、鹿肉。鈴鹿さん食べるかなと思って。害獣駆除の手伝いに行ったんだけど、状態が良かったからちゃんと解体したんだ」

だから、おいしく食べてもらえると嬉《うれ》しいな、と言う野々宮から、新聞紙にくるんだ肉を受け取った。鹿肉はずしりと重く、冷たい。

「ありがとう！　あ、ご飯まだだったら食べていく？　これから作るから、ちょっと待たせちゃうけど……。鹿肉ってどう調理したらいいんだろ」

レシピを検索しようとスマホを取り出したところで、野々宮が首を振った。

「お誘いは嬉しいんだけど、いまちょっと食欲なくて」

「えっ、大丈夫？」

野々宮の服を摑《つか》んで、暗がりから照明の下へ引っ張り込む。たしかに顔色が悪い。先日の事件の時でさえ、操られながらも見た目はぴんぴんしていたのに。

ふと、視線を下にずらして息をのむ。暗がりでは気づかなかった。野々宮は上着を羽織っていたが、その下の白いTシャツに、赤黒いものがこびりついていた。

「野々宮くん、それ、血……？」

恐る恐る尋ねると、野々宮はおかしそうに笑った。

「ああ、大丈夫。俺のじゃないから」

ぎょっとする涼音を見て、野々宮がまた笑う。

「鹿のだよ。……鈴鹿さん、いまなに想像したのさ」

「だって、変な答え方するから……。やめてよもう、びっくりしたじゃん」

ほっとしたら腹が立ってきて、野々宮に軽いパンチをお見舞いした。その手を一瞬、野々宮が握った。本当に束《つか》の間《ま》のことだった。なにか思うより先に、手は離れてゆく。

「……野々宮くん？　なんかあった？」

「ううん。なんでもない。ごめん」

にこりと笑う野々宮の顔に、陰はない。なかったけれど、その気配を探してじっと見つめてしまう。

涼音の視線を避けるように、野々宮は屈《かが》み込《こ》んでクーラーボックスを肩にかけた。

「じゃあまた、大学で」

踵を返して去っていく彼を追って、涼音は外へ出た。

「野々宮くん！　このへんいま物騒だから、帰り道気をつけて！」

薄闇の中で野々宮は振り返り、軽く手を上げて応えた。顔は陰になってよく見えない。

彼とは知り合ってまだ二ヶ月ほどだ。自分は野々宮新太《あらた》のことをよく知らない。だけど、様子がおかしくなかったか。

追いかけて引き止めないといけないような、そんな焦燥感が渦巻いている。

野々宮が道の向こうに見えなくなるまで、涼音はそこに立っていた。

大嶽丸にどう思うかききたかったが、すでに黒猫の姿はどこにもなかった。

○

土曜日の朝早く、まだ犬の散歩をする飼い主とジョギングに精を出す人くらいしか歩いていない時間に、五月はひとりで鈴鹿家へやってきた。

見せるものがあって、という五月にお茶を出し、涼音は朝の支度を手早く済ます。

「あいつ、まだ寝てんの～？」

あいつ、つまり大嶽丸の姿は見当たらない。

涼音は洗濯物を干す手を止めて五月を見る。

「……猫って、帰巣本能あるんですっけ」

「なあに突然。あの鬼猫、家出でもした？　んなわけないか」

「…………………」

「え、マジで？」

「マジですね」

大嶽丸の姿は視界にない。この三日間、ずっと、視界にない。先日言い争いをして、猫の姿に戻したきり、どこかへ行って戻ってこない。

お茶をぐびぐび飲み干した五月が、湯呑みをちゃぶ台にどんと置いた。居酒屋でバイトをしていた時によく見た光景に似ている。まるで一杯目のビール。

「えーと、それって、やばい……んじゃない？」

「やばい、ですよね。実は、いなくなって三日たってるんですが……」

一応、涼音は「鬼の監督役」を任命されているわけで、給料は「鬼の監督費用」という名目である。つまりこれは、監督不行き届きに当たるわけだ。

五月はしばらく考え込んでから、肩をすくめた。

「あたしじゃ分かんないや。芦屋にきかないと。でもさあ、あの鬼ってすずっちからあんまり離れられないんじゃなかった？」

「らしいですけど、でも、現《げん》にいないんですよ」

お腹《なか》が空けば戻ってくるかと思ったのに。

猫用のご飯は嫌だの、猫の姿で食べても腹がふくれないだの散々文句を言うから、当初から食事時は元の姿に戻していた。だから、大嶽丸がこの家に来て以来、なんだかんだ朝と夜、ふたりで小さなちゃぶ台を囲むのが習慣になっていた。

涼音がつくるものなんて、お洒落《しゃれ》でもないし、たいして手が込んでいるわけでもないけれど、大嶽丸はひとつひとつ味わって食べて、「これはなんという食材だ」とか「この味はなにとなにが混ざってるのか」とか食の探求者かと思うほど細かくきいてきて。

あんまり彼が楽しそうに生き生きと食べるから、涼音もついついスマホでレシピを調べたりしたし、おかずの品数が増えたり、食費はついオーバーしたりして。

ひとりの食卓の静けさを、うっかり忘れていた。

大嶽丸は正しい。

家を取り戻したところで、両親は戻ってこない。家という入れ物に詰まっていた幸せな時間は永遠に失われた。もう戻ってこない。

大嶽丸は正しい。

でも、それでも、どうしても。あの家を、涼音は取り戻したかった。

諦められるなら、諦めさせて欲しい。自分でもどうしようもないのだ。

いっそ更地になってしまえば、気が済むだろうか。

大嶽丸がいなくなってから、家の空気がやけに冷たい気がする。

そのせいだ。そのせいで思い出してしまう。家族で過ごしたあの家を明け渡す日、たったひとりで目を覚ました朝を。

家財道具をすっかり取り払った部屋は寒々しくて、高校生だった涼音はリビングの隅で母親のコートにくるまっていた。

あの朝、がらんとした部屋の隅で決意した。必ずこの家を取り戻すと。勉強して、いい大学へ行って、いい職に就いて、お金を貯《た》めて、家具だって買い戻して、元通りにする。最短距離で目的の場所に辿《たど》り着《つ》く。必要なのは、お金だ。

そのために余計なものは捨てていった。なのに。

大嶽丸のせいだ。

あの鬼がお節介な文句とともに、涼音が捨てたものをなんの気なしに拾い上げるから。そうやって拾われたものを、どうやって抱えればいいか、ひとりではわからないのに。

「……そういえば、五月さんは芦屋さんから離れて大丈夫なんですか？」

気分を切り替えようと、努めて明るく尋ねた。調伏された大嶽丸は、調伏した涼音からあまり遠くへ離れられないと言われた。だが、五月は今日ひとりでここへ来ている。

スマホをいじっていた五月が顔を上げる。

「問題ないよ。だってあたし、調伏されたわけじゃないからね。あたしはぁ、好きで芦屋といっしょにいるの」

そう言って、五月は目を細めた。赤い唇がじわりと美しい弧を描く。長い睫毛《まつげ》の下で、黒目が妖しくきらめいた。

「芦屋があたしを見つけてくれた。だから、あたしは芦屋とずっといっしょにいる。死ぬまで離れない。死んでも、離れない」

ああ、彼女も。人の、生物の、枠からはみ出ている存在だった。とびきりの笑顔なのに、どこか恐ろしい。てっきり芦屋が五月をこき使っているのかと思っていたが、逆なのかも知れない。

「あっ、そうそう。これをずっちに見せるよう言われてきたんだ」

「給与明細ですか？」

「ぶっぶー、防犯カメラの映像」

差し出されるスマホの画面を覗《のぞ》き込《こ》む。映像は全体的に暗い。時間帯は夜で、街灯も頼りない。

薄暗い路地を、スーツ姿の男性がスマホを見ながら歩いている。その液晶の光がすーっと左から右へ流れていく。

光が画面の端に消える直前だった。それは最初、黒い影にしか見えなかった。その影が画面をさっと横切ったかと思うと、一拍遅れてスーツの男性が地面に倒れた。

影のように見えたものは、動きを止めると人の形に見えた。全身黒い。キャップを深くかぶっていて、顔は見えない。手に、なにか持っている。街灯に反射してきらめいたのは、細長く、鋭利な……あれは、

「日本刀？」

呟《つぶや》いた涼音に、五月が首を傾《かし》げた。

「たぶんね～。この倒れてる男の人、まだ意識不明なんだけどぉ、倒れた時のたんこぶ以外に外傷ないんだって」

「えっ、斬られて倒れたんじゃないんですか？」

五月が、「う～ん」と束の間視線をさまよわせてから、答えた。

「実は～、いままでの被害者もみんな外傷ないんだよね。血も出てないし。最初は心臓発作で片づけられてたんだけど、あんまりおなじようなケースが続くもんだから捜査したんだって。そしたら、この映像が出てきて」

本格的に捜査が始まり、陰陽課に話が回ってきたのだという。

被害者と見られる人間たちの死因は、いわゆるショック死だった。

「でも、襲われても生きてる人もいてね、その人たちが言うにはぁ」

――たしかに、自分はあのとき斬られた。

なのに、傷はない。ただ強烈な痛みの記憶は残っている。外傷はないものの、精神的ショックが大きいらしい。

「人間って、脳が死んだって判断すると、躰《からだ》も本当に死んじゃうことがあるんだってね。今回のもそうなんじゃないか、って芦屋が言ってた」

「なるほど……」

「ほとんど毎日被害が出てたんだけど、ここ三日は、出てない。でね、ひとつ確認だけど、この映像の男、あいつに似てると思う？」

「あいつ？」

「大嶽丸」

言われた意味がすぐには分からなかった。開いた口からは言葉がなにも出てこない。

「あの鬼が猫にされたのは三日前なんだよね？　辻斬《つじぎ》りが出なくなったのも三日前」

「いやいやいや、そんなわけ……あいつが、そんな、辻斬りなんて」

「すずっち、ねえ忘れてない？　あいつは鬼だよ」

小首を傾げた五月の頬を、艶《つや》やかな黒髪が幾筋か滑った。

「あいつは生まれながらの鬼で、千年前……あいつにとったらついこの間まで、とくにたいした理由もなく、人間も妖怪も殺していたようなヤツだよ。すずっちだって、殺されかけたから分かるでしょ？」

言いながら、五月は人差し指を持ち上げ、涼音の喉元をそっと突いた。

「あいつの殺意の境目を、すずっちは見分けられない。だって、人間だから」

涼音がなにも言えないでいると、五月はにこりと笑ってデコピンをお見舞いしてきた。

「――――痛っ」

「ま、いいや。すずっちはこれからガッコー？」

「……はい、今日は納涼祭で」

「お祭り？」

「内輪で騒ぐだけですけどね。学生がみんな浴衣着て、流しそうめんしたり、スイカ割りしたり、水鉄砲合戦したり……」

「すずっちは？　浴衣着ないの？　またそんな寝ぼけたカッコして」

「寝ぼけた格好……」

涼音は自分の姿を見下ろした。七分丈のズボンは母のお下がりで、くすみ系水色。それに、父の白いTシャツを合わせている。前面に髑髏《どくろ》と何か英字がプリントされているが、その意味を考えたことはない。伸びた髪は、相変わらず後ろでひとつにまとめてある。

改善ポイントをしばし考えてみた。Tシャツの裾を、ズボンにインしたほうがセンスがいいかも知れない。

自分の気づきを伝えたら、五月は真顔でゆっくり首を振った。

「……コーディネートについては今度みっちりじっくり講義してあげるとして。すずっち浴衣持ってないの？」

「母のがあるはずですけど、自分じゃ着れないし」

「あたしが着せたげる！」

「えっ、そんな——」結構です、と言いかけて、言葉を呑《の》んだ。

その瞬間、大嶽丸の顔が脳裏をよぎって。

浴衣を着たら、大嶽丸は喜ぶだろうなと思ってしまったのだ。

涼音が余計なものに手を伸ばしているのを見たら、あの鬼はきっと満足そうに笑う。

「……着崩れたら直せないし」

「崩れないように着せてあげるから」

「原付にまたがれないかも」

「あんなの椅子に座るようなもんでしょ。問題ないない」

「動きづらいし」

「あたしは振り袖で鬼とやり合ってたでしょ？　大丈夫だって」

「いや、でも……」

「はいはい。じゃあ着替えようか！」

五月の着付けは手慣れたもので、涼音はあっという間に浴衣姿になっていた。

白地に、薄い青や紫の朝顔がちりばめられた浴衣に、深紅の帯を締める。五月はこれまた驚くスピードで髪を結い上げ、自分の簪《かんざし》を挿してくれた。あれよあれよという間にメイクまでされて、気づいたら鏡の中に、さっきまでとは別人の女が立っていた。

しばらく、それが自分だとは思えなかった。

「かわいいかわいい！ いーじゃん、すずっち！ いい仕事したな、あたし！」

「あ、ありがとう……ございます。でもちょっとメイクが濃いような……」

「大丈夫大丈夫。似合ってるって！ あっ、こすっちゃだめだよ」

赤く色づいた唇を無意識にこすっていたらしい。手の甲が赤くなっている。付け直そうとした五月だったが、スマホの呼び出し音に気づいて手を止める。

「あたしちょっと電話してくるから。ちょい待ってて」

ぱたぱたと玄関へ出ていく足音を聞きながら、涼音は息を吐いた。ちゃぶ台の上には様々な化粧道具が散らばっているが、どれをどこに使ったのか、まったく分からない。

着付けのあいだ外していた笛を首にかけ直した。

——笛の名を〈破二《はふた》つ〉。一つ吹けば姿を縛り、二つ吹けば戒めとなる。

芦屋の言葉を思い出して、「あ」と声を上げた。どこかへ行ってしまった大嶽丸だが、笛を吹いたら「戒め」が発動する。そうなれば、文句を言いに戻ってくるかも知れない。

涼音は思い切り笛を吹いた。直後、どたんとものすごい音が天井に響き、

「大嶽丸!?」

「なにしやがる！」

天井板の一枚をぶち破って大嶽丸が落ちてきた。埃《ほこり》にまみれて白くなった黒猫が、空中で鬼に戻る。三日ぶりに涼音の前に戻ってきた鬼は、そのまま真っ逆さまに落ちてちゃぶ台に叩《たた》きつけられる。ちゃぶ台は真ん中でぱっくり割れた。

「あんたずっと家にいたの!?」

「おれがどこにいようとおれの勝手だ！」

真っ二つになったちゃぶ台を蹴飛ばして、大嶽丸が立ち上がる。

「おまえというやつは、おれがいなくなったっていうのに、一っ度もおれの名を呼びやがらねえ！　おかげでこの三日――……なんて格好をしてやがる」

「…………み、見るなっ」

視線を遮ろうとして繰り出した拳は、大嶽丸になんなく掴《つか》まれる。

金色の視線にさらされて、いたたまれない気持ちになる。化粧をした顔を見られたくなくて顔を背けたら、今度は顎を掴まれた。無理矢理前を向かされて視線がさまよう。

「お、お化粧なんて、したことないし、自分で変なのは分かってるし……なにも言わなく

ていいから！　離しなさいよ馬鹿。笑ったら笛吹くからね。笛くわえたままアルプス一万尺歌ってやるから！　……ちょっと聞いてんの⁉」

羞恥で頭の中がぐちゃぐちゃになりかけた時、大嶽丸が破顔した。

想像していたような、「してやったり」という満足げなものではなく、馬鹿にするようなものでもなく、どこかやさしい、意図せずこぼれた木漏れ日のような笑みだった。

瞬く間に消えた笑みに想《おも》いを馳《は》せる間もなく、

「はっはーん、馬子にも衣装とはまさにこのことだな」

「よし笛を吹こう。肺の空気ぜんぶ吹き出してやる」

「まあ待て。……おい、そのはみ出した紅《べに》はどうした」

「こすっちゃったの。べつにいいでしょ」

「よかぁない。どれ、おれが直してやる」

ちゃぶ台が割れたせいで、上に載っていた化粧道具も辺りに散らばっている。いくつか拾い上げては中を確かめ、大嶽丸はやっと一つ選び出した。それは小さなブローチのようなコンパクトで、薄ピンクのふたに白いバラのモチーフが立体的にあしらわれていた。

「あの、でも、あんまり濃いのはちょっと……」

「黙ってろ」

彼を調伏したのはこっちなのに、その一言でなぜか動けなくなってしまう。

大嶽丸の少し節だった薬指が、そっと涼音の唇をなぞった。落ち着かない。全身がくすぐったくて、背中がぞわぞわする。

「おい、すこし口開けろ」

言われたとおり薄く開けた唇に、驚くほど丁寧に指先が触れる。まるで、熟して傷つきやすい果物を相手にしているような手つきだった。

「ふむ。我ながらいい出来」

「…………どうも」

自分の成果を確認している鬼から顔を背け、涼音はリュックを背負った。浴衣にリュックという組み合わせに、大嶽丸が「台無しだ」と眉を寄せるが無視する。

「暴れて着崩さんよう、せいぜい気をつけるんだな」

「……ねえ、大嶽丸」

「あん？」

「あんた、違うよね」

大嶽丸は腕を組んで、涼音の言葉を待っている。言わなければよかったと後悔したが、もう遅い。中途半端に投げかけた言葉は、いまさら、引っ込めることはできない。

「辻斬りなんか、してないよね」

大嶽丸の金の瞳が眇《すが》められる。

「おれは鬼だ。おまえがなにを信じたがってるか知ったこっちゃないが、おれはおまえの望むものには決してならんぞ」

冷たい響き。さっきまでとは違う種類の動悸《どうき》で心臓が痛い。大嶽丸は辻斬りなんてしていない。そう信じているなら、涼音はその問いを口にすべきではなかった。

行ってきます、とかすれる声で言って、外へ出る。

玄関先では五月がまだ電話中だった。笑顔で手を振る彼女に応えて、浴衣で原付にまたがる。

ミラーに映った自分の唇に目がとまる。大嶽丸が選んだのは、五月がつけた濃い赤とは違い、薄い桜色だった。つい唇を触りそうになった手を押《お》し止《とど》めて、ハンドルを握る。

猛烈に、スイカを割りたい気分だった。

○

丹精込めて育てたスイカが、木製バットで次々と叩き割られていく。

いましがた割られたスイカを参加グループに配って、涼音はブルーシートの上に溜《た》まったスイカの汁を排水溝に捨てる。

朝からずっと、おなじ作業を延々とくり返していた。

「おつかれ鈴鹿さん！　スイカ割り好評じゃん！」

ひとつ上の先輩が、盛り上がっている広場を横目に近づいてくる。涼音はパラソルの下で立ち上がり、頭を下げた。

「今年のスイカは出来がいいってきいたよ。鈴鹿さんよく世話してくれてたもんねえ」

差し入れに渡された飲み物をほかのスタッフと分けながら、苦笑する。

「ここ最近、ちょっと時間に余裕ができたので」

「え、あの鈴鹿さんに？　そりゃまたすごい。だからそんなお洒落《しゃれ》してんの？」

「……いや、そういうわけじゃなく……これは、たまたま、勢いに押されて」

普段の涼音を知っている周囲は、浴衣姿でメイクまでしている自分にひどく驚いていた。なにかあったのか、という心配や興味をかわし続け、昼過ぎのいまになってようやく放っておいてもらえるようになったのだ。

「鈴鹿さん、朝の準備の時もいたよね。もしかしてそれからずっとここにいるの？」

「あ、はい。ほかの当番の子と、取り引きして代わったんで」

もちろん、有料でだ。

「よくやるよ。せっかく浴衣着てメイクしてんのに？　他人のスイカ割り眺めて一日終えるつもりなわけ？」

信じられない、と先輩は嘆くが、涼音にとってはどうということもなかった。いっしょに回るような友人もいないし、ここにいれば余計なお金を使うこともない。

そう、べつに誰かに見せたくて浴衣を着たわけではないのだ。

「鈴鹿さん、おつかれ！」

明るい声に顔を上げると、野々宮新太が手を振っていた。

「浴衣似合ってるね。当番終わったら、いっしょにちょっと回らない？　園芸がかき氷出してるから、俺ごちそうするよ。休んでたあいだのノートのお礼に」

「あー……でも」涼音の当番は終わらない、と伝えようとしたら、先輩に小突かれた。

「行ってきな！　彼氏に約束すっぽかされて暇になったやさしくてかわいそうな先輩がここはしばらく引き受けてあげるからさ。あ、かき氷のお土産よろしく」

やさぐれ気味の先輩に押し出され、涼音は野々宮と二人でスイカ割り会場を後にする。

浴衣や甚兵衛《じんべえ》姿《すがた》の学生が溢《あふ》れているが、野々宮はTシャツにジーパンという軽装だった。

園芸科のかき氷を買って、食べながら歩く。なんとなく、足は畜産科の動物舎のほうへ向かった。そちらは出し物がないため、静かで学生の姿もまばらだ。

涼音は隣を歩く野々宮を盗み見る。日に焼けているせいで分かりにくいが、心なしか顔色が悪い気がする。三日前、鹿肉をくれた時の彼も様子がおかしかったが……。

「野々宮くん、具合はどう？」

「具合？　べつに、普通だよ？」

そう、と呟《つぶや》いて、その話題を打ち切った。本当になんでもないのかも知れないし、涼音では相談相手として力不足なのかも知れない。自分とは違い、野々宮には相談できる友人がきっとたくさんいる。

「見て鈴鹿さん、かき氷に載せてるの、食用花だ。女の子たちが『映《ば》える』って騒いでたわけだよな」

「さすが園芸科だね。もったいない気もするけど……」

ああ、でも、大嶽丸に見せたら風流だと喜ぶだろうか。なんといっても庭に朝顔を植えるような鬼だ。

「野々宮くんのはハイビスカスだよね。わたしの花はなんだろう？」

「それは……金魚草、かな」

イチゴのかき氷に載った黄色の花びらを口に入れる。

「野々宮くん、花に詳しいね」

「鈴鹿さんさあ、いつも、そんなふうにお洒落してるといいのに」

今日、ほかの学生にも散々言われた台詞《せりふ》を、野々宮もまた口にする。

「でもこれじゃあ畑仕事できないからね」

そのたびにくり返した当たり障りのない台詞を、涼音もまた口にした。

野々宮が足を止める。いつの間にか、あたりに学生の姿が見えなくなっていた。祭りの活気は遠ざかり、隣に広がった林が風に吹かれてざわめいている。

「しなくていいよ。鈴鹿さんは」

「……は？」

「畑仕事とか、そんなつまらないことする必要ないよ。似合わないって、鈴鹿さんには」

なにを言われたのか、すぐには理解できなかった。しなくていい？　畑仕事を？

「野々宮くん、なに言って——」

燃え上がった怒りは、野々宮を見た瞬間しぼんで消えた。彼は苦しそうだった。なにかを必死に堪えているといった様子で、片手で自分の頭を押さえていた。

「きみは、働かなくていい。汚れることも、危ないことも、しなくていいんだ。それは俺が、俺が……ああ違う、わ、私が……」

野々宮の手からかき氷が落ちた。足元にブルーハワイが飛び散る。

「私がするからきみは、きみは……穏やかで幸せに……私が幸せにするから。私がおまえを幸せにするから。もう土にも血にも、汚れることはないんだ」

落ちたハイビスカスの花びらを、よろけた野々宮の足が踏んだ。手を差し出したいのに、涼音は動けなかった。

「あなた、だれ？」

野々宮新太はそんなこと言わない。

あの村で操られていた時だって、野々宮はどこまでも野々宮だった。なのに。

「あなただれなの？」

「私はおまえの――」

「――……っ」

顔を上げた時、そこに野々宮新太の面影は微塵《みじん》もなかった。

たしかに野々宮の顔なのに、浮かんでいるのは見たことのない男の表情で。

わずかな距離はものの一歩で詰められた。

思わず後ずさった拍子に、足がもつれ、下駄《げた》が地面につっかえる。

手からかき氷が滑り落ちた。

金魚草の花びらといっしょに、赤い氷が足先で弾《はじ》ける。

よろめいた涼音の躰《からだ》を、野々宮が片手で引き寄せた。もう片方の手が、ふわりと涼音の両目を覆う。

「用があるのは、おまえではない」

耳元にその声が届いた時には、涼音の意識は闇に沈んでいた。

◯

両腕に、重みを感じた。あたたかく、やわらかな重みを。

その正体を考えようとしたのに、思考は鈍く、まとまらず、なにを考えようとしたのかさえ、もう思い出せない。

夢と現実の境界線が、淡く滲《にじ》んでいる。

もうずっと、夢と現実の区別がつかないでいる。

重くてどろどろした暗闇が、すべてを呑《の》み込《こ》もうと渦巻いていて、身動きがとれない。


——あなただれなの？


凜《りん》と透き通った声を、聞いた気がした。きらきら光る声が、闇を一瞬、蹴散らした。

そう、そうだ、あの声は鈴鹿涼音の声だった。さっきまで、隣にいた。

離れなくては。

彼女を引き込んではだめだ。

だって、この闇が求めているのは——……


「あれ？　きみ、まだ意識あんの？」

やけに明るい声が肌を這《は》い回《まわ》る。この声は嫌いだ。臓腑《ぞうふ》を直接撫でられているような不快感に、息が詰まる。闇がまた、どろどろと迫ってくる。

「がんばるねえ。や～、最近の若者もやるじゃん。立派立派」

ぱちぱちと乾いた拍手が響いた。

「けっこう斬ったんだけどなあ。人ひとり魔道に堕とすのも楽じゃないなあ」

これみよがしなため息には愉悦が滲んでいる。

「ただの男子学生ががんばってるってのに、なんだよ、征夷大将軍《せいいたいしょうぐん》ともあろう男が不甲斐《ふがい》ないんじゃないの？　とっくに呑み込んじゃってると思ったのにな」

煽《あお》るような物言いに応えるように、あたりの闇が圧迫感を増した。重い。タールの海のようだった。沈んでいく。深く深く沈んでいく。

恐怖に喘《あえ》いで発したはずの叫びは、闇に呑まれて音にはならない。

やめてくれ、という叫びはどこにも届かない。もうずっと、どこにも届かない。

「質問だ。あんたの名前は？」

私は――……

問いに答えようとしているのは、自分ではない何かだった。自分の中に、べつの何かがいる。いまやその何かのほうがずっと大きくなっている。

「わからない？　じゃあ別の質問にしよう。あんたの目的は？」

目的。自分の目的。なんのために、ここにいるのか。

なんのために、よみがえったのか。

――今度こそ、完全に、かの鬼神大嶽丸を滅却せしめるためだ。

「うんうん、それで？」

――鈴鹿を……我が妻を、この手に取り戻す。そのために私はよみがえった。

「彼女がいやがったら？」

――手に入らぬのなら、この手で息の根を止める。

「いいねーっ！　しびれるねえ！　さあもう一度最初の質問だ。あんたの名は？」

――坂上田村麻呂《さかのうえのたむらまろ》。

「私の名は、坂上田村麻呂」

「上出来だ。そう、あんたは坂上田村麻呂。蝦夷《えみし》の征討を成し遂げ、歴代天皇三代にわたって仕えた希代の名将、坂上田村麻呂だ」

ああ、そうだ。自分はそういう名前だった。

急に意識がはっきりした。さっきまで、いったいなにに怯《おび》えていたというのだろう。恐れるものなどなにもない。これまでずっと、万難はこの手で排してきた。

「いい演目を頼むよ。せっかく苦労して用意した舞台なんだからさ。僕は特等席で観《み》させてもらうからね。……あ、そうだ、これはあんたに」

そう言って、青年は一振りの刀を差し出した。魔を斬る神剣。妻の愛した三振りの剣のひとつを鋳直《いなお》した刀。柄を握れば、たちまち感覚が戻ってくる。魔性を斬る感覚が。離れていく青年を、斬るかどうしようか束《つか》の間《ま》考えた。あれが魔のものであれば、自分は斬らねばならない。

見送ったのは、右手が急に重くなったからだった。まるで、斬ることを拒むように。

田村麻呂は己の中の不甲斐なさを一喝した。

胸の中にちらついていたかすかな違和感が潰れる音がした。

それで一切の迷いは消えた。どこへ行き、なにをすべきかはっきり分かっていた。思考はとても澄みわたっている。

片腕に、重みを感じた。あたたかく、やわらかな重みを。

鈴鹿の器になる躰を抱き上げて、田村麻呂は林の奥へと進んでいった。

○

「ねえっ、ちょっと〜」

「…………」

骸骨女の声が居間から聞こえてくる。

それを無視して、大嶽丸は庭の朝顔に水をやっていた。

情緒の死んでいる涼音に芽を摘まれたので、今度は手っ取り早く苗を植えた。植木屋の老人に言わせれば時期がいささか遅いらしいが、順調に生長している。

「ねえってば～、聞こえてんでしょ？」

涼音はとっくに家を出たというのに、骸骨女はなぜか勝手に茶を淹《い》れ、勝手に居間でくつろいでいる。布地を買う金を節約しているとしか思えないやたら面積の少ない服で、腕も足も露《あら》わに過ぎる。が、小間物の見立ては悪くない。その半分でもいいから、涼音に自分を装う気勢があればよいのに、と思った。

なぜ涼音にこんなに構いたくなるのか、自分でも不思議だ。たぶん、相手が意固地になっているせいであろう。明らかに窮屈な型に自分を押し込めているというのに、それに気づかない振りをしている。そういう人間を見ると、堕落させたくなる。

「おーい、猫ちゃーん」

「猫じゃねえ！　やっかましい女だな。用が済んだらさっさと帰れ！」

「はいはい。とりあえずこれをご覧なさいよ。そしたら帰るってば」

縁側まで出てきた女が、すまほを掲げる。気は進まなかったが、はやく骸骨女を追い出したい気持ちが勝った。この家に、自分以外の怪異は余計だ。

差し出されたすまほの画面には、人間の顔の墨絵が映っていた。

これがどうした、と口にしようとして、気がついた。

「こりゃあ肉の小僧か？」

名は忘れたが、涼音によく肉を貢いでいる小僧に似ていた。

骸骨女の表情が曇る。

「これ、辻斬《つじぎ》りにあって生きてた人の証言でつくった、辻斬りの似顔絵なんだよね。……ねえ、ほんとにすずっちの友だちだと思う？　すずっちに教えたほうがいいよね」

「……すまほで伝達できるんだろ。はやくしろ」

「電話？　すずっちに？　かけたよ。だけど出ない――……ちょっとどこ行くの⁉」

すでに大嶽丸の足は地を蹴っていた。裸足《はだし》のまま屋根の上に跳び上がる。

骸骨女の声があっという間に後方に遠ざかる。

涼音の通う学府までの道は記憶している。屋根をつたっていけば早い。

自分の足ならば、さほどかからず辿《たど》り着《つ》く。

なぜこんなに急《せ》いているのか、自分でも不思議だった。

どうということはない。涼音の学友が辻斬りに似ているというだけ。もし辻斬り本人だったとして、涼音になにかがあるとは限らない。

いや、と思い直す。

あの女がどうなったところで、関係ないはずだ。ならばなぜ、足が勝手に急ぐのか。

「……阿呆《あほ》涼音」

大嶽丸は考えるのをやめた。考えるのは、涼音の阿呆面を確認したあとでも遅くない。

学府は先日来訪した時とは比べものにならない賑《にぎ》わいに包まれていた。おまけにみな似たような格好をしている。涼音の朝顔の柄の着物を探して、大嶽丸は人混みを駆け抜ける。

涼音と小僧がともにいると決まったわけではない。だが、涼音にはほかに親しい人間がいないようだった。見たところ、小僧は涼音を気に入っている。ということは、祭りをともに回っている可能性はある。

ふと視線を感じた。残った片角に辺りの視線が集まっていた。そこではたと気づく。涼音の中に、もう片方の角がある。

さほど意識していなかったが、大嶽丸の片角は涼音の中に留まっているはず。ならば、辿れるはずだ。知覚しろ。

人混みのただ中で立ち止まって、目を閉じた。己の中に意識を集中させる。躰を巡っている力が、斬られた片角のところで流れを阻害されていた。力の大半はそのまま循環し、ほんのわずか、ほんの一筋の力だけが、行き場を求めて外へ流れ出ていく。

その、細く頼りない一筋の糸の先に、涼音がいるはずだ。

大嶽丸は目を開けた。

不可視の糸を辿って、地を蹴った。障害を押しのけて一直線に走る。

繭から縒《よ》り出《だ》したような細い糸は、学府の端、林の奥へ延びている。いつぞや、涼音とともに通りかかった林だ。あたりに人気はない。

薄暗い林へ踏み入り奥へ進めば、ぽつんと四角い小屋があった。

糸はそこへ延びている。大嶽丸は窓を蹴破って中へ躍り込んだ。

室内は薄暗く、目が慣れるのに一刹那が要った。普段使われていないのか、空気が淀《よど》んでいる。窓から差し込む光に、微少な埃《ほこり》が渦巻いている。素足の裏が、割れた窓板を踏んで音を立てた。

薄闇の中で、ゆっくり立ち上がるひとりの男がいた。

それはたしかに、涼音に肉を貢いでいた小僧だった。が、中身はまったく変わり果て、損なわれていた。容《い》れものはそのままに、おそらく中身はすり替わっている。

彼の足元に涼音が横たわっていた。呑気《のんき》に気を失っている。眠る涼音を取り巻くように、床に奇妙な文様が描かれている。ろくなことになっていないのだけは、わかった。

「その女になにをした」

だらりと垂れた男の片手に、一振りの刀があった。懐かしい気配が刀からしたが、抜き身の刀身に見覚えはない。

「おまえさえ、いなければ」

地を這うような声には、どす黒い憎悪が滲《にじ》んでいる。

「おまえさえいなければ、鈴鹿は幸せになったんだ。私と鈴鹿はおまえさえいなければ」

鈴鹿とは、涼音のことだろうか。それとも。

「……おれの存在と鈴鹿の幸せは関係――」

「その名をおまえが口にするな！」

一息に距離を詰めてきた男が、刀を下から振り上げる。

大嶽丸はのけ反ってかわした。が、窓の破片に足をとられ、体勢を崩す。

相手は容赦なく追撃してきた。

返す一閃《いっせん》が大嶽丸の腕をほんのわずか捉える。

「…………っ」

切っ先が肌を撫《な》でる。ただのかすり傷程度で済むはずだった。だが、これは……。

斬られた腕から流れる血を払い、

「おまえ、何者だ？」

大嶽丸は問うた。男が顔を上げる。ぎらぎら燃える目が、鬼神を睨《にら》む。

「私は征夷大将軍、坂上田村麻呂。蝦夷の征討はすでに済んだ。残るは悪鬼、大嶽丸の誅伐《ちゅうばつ》のみ。これなるは我が妻、鈴鹿の神剣が一振り、大通連《だいとうれん》を溶かして打ち直した刀、鬼切丸《おにきりまる》である。貴様も疾《と》く、我が刀の露と消えよ」

掲げた刀が、光を反射してきらめいた。なるほど、どうりで懐かしい気配がしたわけだ。形は変わったが、あれは鈴鹿が携えていた剣のひとつ。

「ねむたい口上の中途で殺されなかっただけありがたいと思え。この勘違いクソ将軍！」

千年前、自分の首を斬った男が、なんの因果か大嶽丸の目の前にいた。


全身が痺《しび》れていた。

起き上がろうとした涼音は、動かない躰《からだ》に驚いて息を呑《の》んだ。

自分は眠っていたのだろうか。どれくらい？　記憶があやしい。なにをしていたか思い出せない。空気が埃くさくて、湿っている。頬に触れる床が冷たい。あたりは薄暗くて、しばらく状況を把握できなかった。

ただ、すぐそこに人がいるのは分かる。

激しい物音と、荒い息づかい。

「諦めろ。鬼切に斬れぬ鬼はない」と、男の声。

「おれをそこらの鬼といっしょにすんじゃねえ！」そう返すのは、大嶽丸。

ぶん、となにかが空を斬る音がする。

涼音の心臓が悲鳴を上げる。大嶽丸は攻撃を避けただろうか。避けたはずだ。音は止《や》まない。

戦っているのだ。

動け、と躰に命じる。が、まるで縫い止められたかのように、躰は床にへばりついて動かない。目だけを動かして辺りを見れば、得体の知れない白い模様が——芦屋が使った札の模様に似たものが描かれていた。その線の一つ一つが、ぼんやり淡く光っている。

「う……っ、う、ごけ——」

はやくこの模様から離れなくては、危険な予感がする。

なにかが自分の中に侵食してきている。じわじわと意識が食われている。気を抜けば眠ってしまいそうだった。眠れば、次また起きられるか確信が持てない。

——あれは、我が夫、坂上田村麻呂。

頭の中に突然声が響いた。聞き覚えのない声が。

——いたわしいことだ。田村麻呂ともあろう者が、無辜《むこ》の民草を斬り、あのような魔道に堕《お》ちるなど。

止めてやらねば、と声が言う。だから、躰を自分に明け渡せと。

「い、いやだ……っ」

——おまえでは、止められぬ。

ぐっと腹に力をこめて、手を動かす。指先が何かに触れた。細長い、何かに。簪《かんざし》だ。五月が貸してくれた。髪から抜け落ちたのだろう。それを握ると、床にへばりついたもう片方の手を突いた。痛みが弾《はじ》け、意識が浮上する。

「私がっ、やるから！　あんたは引っ込んでて！」

涼音を留《とど》めようとする円陣から、躰を引き剝がしにかかる。

——できるのか、おまえに？

「大嶽丸がいる」

大嶽丸がいる。涼音だけではできなくとも、最強の鬼神がいる。

脇腹が急に熱を持った。火傷《やけど》したのかと錯覚するほどの熱。——ああ、そうだ。ここに、大嶽丸の角がある。涼音が呑み込んだ、鬼神の角が。

——……お行き。そなたは、私とおなじ過ちを犯さぬよう。

唐突に拘束が解けた。勢い余って転がりながら、涼音は大嶽丸を見る。

大嶽丸と、彼に刀を向ける野々宮の背中——いや、坂上田村麻呂を。

立ち上がり、下駄《げた》を脱ぎ捨て、浴衣の裾を持ち上げ走った。

大嶽丸の首めがけて、横ざまに刃が迫っている。

飛び込んでくる涼音を見て、大嶽丸が目を見開く。綺麗《きれい》な金色の瞳。猛ダッシュの勢いそのままに鬼に体当たりして押し倒す。

「痛っ——……！」

背中を刀が通りすぎていく。切っ先がかすったか、痛みが遅れてやってきた。

息をつく間もなく、涼音を抱えて大嶽丸がその場から飛び退《との》いた。

「莫迦野郎！　死ぬとこだぞ！」

「あんたがね！　野々宮くんどうしちゃったの？」

「田村麻呂だ！　坂上田村麻呂！　おれの首を斬った男で、辻斬り野郎だ！」

声の言っていた通りだ。ということは、さっきの声の主は鈴鹿御前《すずかごぜん》？

「なぜだ！」田村麻呂が野々宮の声で叫ぶ。「鈴鹿！　おまえはまたそいつを選ぶのか！

また、私を裏切って！」

「私はっ、鈴鹿御前じゃない！　それに、鈴鹿御前だってあんたのことを……」

頭に響いた声が、本当に彼女のものならば、鈴鹿だって田村麻呂のことを大切に思って
いたに違いないのに。

「無駄だ。あいつは俺を殺すまで止まらん」

割れた窓のそばで涼音を下ろし、大嶽丸が振り返る。

「背中、怪我《けが》は」

「だ、大丈夫」

かすったはずだが、触れてみても手に血はつかない。痛みはあるが、傷はない。浴衣は

帯ごと斬られているのに。

「なら走れるな？　そこの窓から出て、とにかく走れ」

「逃げるの？　勝てない？」

「角が揃《そろ》ってりゃあんなやつ、神剣持ってたって負けやしねえ。あとな、……あいつ、あの小僧、殺したら、おまえ泣くだろ」

「は？」

「泣かせてやるとは言ったが、ほかの男のことで泣くのはおもしろくない」

「なにを馬鹿な――」

後ろ手に突き飛ばされて、続く言葉が途切れる。

「行け」という鋭い声は、田村麻呂の太刀を受け止めながら発せられた。

「そのへんに骸骨女が来てるはずだ。探せ！　そんで糸瓜《へちま》野郎を呼べ！」

田村麻呂の刀を摑《つか》み、大嶽丸はその場に踏みとどまっている。足元にぼとぼと血がこぼれている。背中に流れる黒髪は、ほつれ、中途半端に斬られて乱れていた。

「あんたは」どうするの、と問えば。

「言ったろ、鬼は約束を守るんだ。おまえの敵はぶっ飛ばしてやる。涼音、行け」

「いやだ」

駄々っ子のように首を振る。ここで置いていったら、もう会えないかも知れない。そんなのは、いやだ。

だいたい、約束なんてとうに果たしてもらった。馬車道駅で、吸血鬼に襲われた時に、限界集落で。もうずっと、何度も大嶽丸は涼音を助けてくれた。涼音は、彼を縛ってしまったのに。

失ったら、戻ってこない。自分は知っている。

二度と取り戻せないものがこの世にはあって、だから、この手が届く大事なものは、決して手放さないと決めた。

大嶽丸は、千年の時を越えて、ここにいる。

手の届く距離にいる。

動かない涼音に、大嶽丸が舌打ちをこぼした。

田村麻呂の刀は神剣。対抗できるとすれば、鈴鹿の剣しかない。

神剣は家だ。取りに戻っている時間なんてない。奇跡があるならどうか今この瞬間起こしてよ、と神さまに乱暴に願った。右手を、宙にかざして。

「顕明連《けんめいれん》！　ここに来て！　私の神剣でしょ⁉　いま役に立たなかったら、溶かしてフライパンに鋳直してもらうから！　作業工賃どれだけかかっても、意地でもフライパンに直して毎日目玉焼き焼いてやる！」

「おまえな……」

田村麻呂の太刀をぎりぎりで押し返しながら、大嶽丸が笑った。こっちは真剣なのに。これで無理なら、次は鍋にすると脅してやる、と考えはじめた時。

かざした右手に熱を感じた。

覚えのある柄の感触。それをぎゅっと握ってたしかなものにする。

集まった光が剣の形に収斂《しゅうれん》していく。鈴鹿の神剣、顕明連。それが、いま涼音の手の中に在った。

「私が食べちゃった角を返したら、あんた負けないんでしょうね？」

「ったりまえだ！」

背中越しに返された言葉に、覚悟を決める。

歯を食いしばり、一度深く息を吸って、
涼音は、自身の脇腹に剣を突き立てた。痛みが脳天に突き抜ける。

「うっ――……あああっ、うぅぅういったあああっ」

思考が真っ白に漂白される。痛い痛い痛い。切腹なんて狂気の沙汰だ。昔の武士はどうかしてる。

もちろん、涼音は切腹したいわけではなかった。鈴鹿の神剣に賭けたのだ。この剣は、涼音を傷つけない、と。限界集落でうっかり指を切った時、肌は傷ついていなかった。痛みはあるが、実際に肉体は斬れていない。辻斬りと同じだ。田村麻呂の刀も、人間を斬ることはできないのだ。斬れるのは鬼だけ。

だから被害者に外傷はなかった。

痛みの洪水の中で、剣先が何かに触れるのを感じた。その何かを、ぐっと一気に躰の外へ押し出す。

「――――っ」

剣を引き抜いた。膝から崩れ落ちながら、足元に転がった鬼の角を拾い上げる。

馬車道駅で、うっかり呑み込んだ鬼神の角。親指ほどの、乳白色の角。

あの時は、早くこんな鬼とはおさらばしたかったのに。

「負、けたら、ゆるさない……から」

朦朧《もうろう》とする意識の中、涼音は大嶽丸に角を差し出した。

鬼が、それを摑み取る。

「だれに口をきいてんだ。夢でも見て待ってやがれ」

ぽいと無造作に口に放り込む。大嶽丸は顕明連を拾い上げ、田村麻呂に対峙《たいじ》する。

その、広い背中を見ながら、涼音はへたり込んだ。

途切れそうになる意識を必死につなぎ止めながら、斬り合う大嶽丸と田村麻呂を見ていた。いま眠ったら、見るのは確実に悪夢だ。眠りたくない。寝ている間になにかを失うのは、もういやだ。

大嶽丸は強かった。

涙が出るほど強かった。

圧倒的で、猛々《たけだけ》しく、嵐のように、天災のように、強かった。

この鬼は、無敵だ。決して倒れない。折れない。涼音を置いて死んだりしない。

田村麻呂も人間とは思えない動きだったが、躰は野々宮のものだ。限界がある。

大嶽丸は野々宮に致命傷を与えないように動いている。それでも、彼のほうが強い。

幾ばくもなく勝敗はついた。

ぼんやり見守る視線の先、田村麻呂が膝をつく。

大嶽丸が、剣先を田村麻呂の額に据える。

「大嶽丸……おまえが、いるせいで……鈴鹿は……」

「あいつは、おれではなく、人間のおまえを選んだ」

「違う！　鈴鹿は……おまえを助けるために、死んだのだ。鈴鹿の心は、どこかいつも、遠かった。ともにいても、微笑《ほほえ》んでいても、どこか一片は遠いところを彷徨《さまよ》っていた。それが、おまえだ！　おまえが妻の心を……」

「……あいつは人とともに生きたいと願っていた。あんたはそれを信じて、ただ、最後までともにいてやればよかったんだ」

夢うつつに、鈴鹿御前のことを思う。

千年前の、彼女の選択を……。

「私には、英雄であること以外なにも残らなかった」

田村麻呂がそう言って、涼音を見た。

大嶽丸がハッとした様子で手を伸ばしたが、遅かった。

田村麻呂が涼音のもとへ駆けてくる。刀が、振り下ろされる。が、動けなかった。

斬られても傷はつかない。が、痛みは尋常ではないだろう。弱っているいまの涼音に、耐えられるのだろうか。

「ともに逝こう、鈴鹿」

眼前へ迫る切っ先が、ぐっと途中で止まった。

刀の先がぶるぶる震えている。

視線を持ち上げる。刀身から柄へ、握った手からその顔へ。

浮かんでいる苦悶《くもん》の表情は、野々宮のものだ。

「や、めろよ……俺の、躰で……っ」

野々宮の声だ。

涼音を殺そうとする田村麻呂を、野々宮が必死に抑えている。

背中に、大嶽丸が立った。その手が剣を振り上げる。

やめて、という言葉は音にはならなかった。
「鈴鹿さん」野々宮が笑う。「肉、ごちそうできなくて、ごめん」
大嶽丸の剣が野々宮の心臓を貫いた。次の瞬間、
野々宮の躰がくずおれる。
ほとばしった絶叫は田村麻呂のもの。鈴鹿を呼ぶ声が、耳の奥で反響する。
私は鈴鹿御前じゃない。
大切なことは、生きているうちに伝えないと伝わらない。
死んでからでは、遅すぎる。

○

眠る涼音の頬に触れようとして、大嶽丸は手を止めた。

背中に不快なものを感じ、振り向きざまに剣を振るう。

顕明連が切り裂いたのは黒い影だった。切り裂かれた影はぱっと霧散し消えてゆく。

同時に、歪《いびつ》な笑い声が辺りに響いた。

――ははははは！　完全に気配遮断してたのに！　すごいや！　鬼神だって言ってもたか

が知れてると思ったけど、なるほどね。本調子じゃなかったんだ！

妙に浮かれた耳障りな声だった。

知らない声だ。この顛末《てんまつ》をどこかで見物していたか。気に食わない。

——大嶽丸！　きみの名前は覚えた。またいっしょにたのしい舞台をつくろう！

重ねて虚空を切り裂けば、気配はふっと消失した。あたりはふたたび静寂に包まれる。

剣を足元に投げ捨て、大嶽丸は涼音の隣に屈《かが》み込《こ》む。

眠る涼音の顔は青白い。傷はつかないとはいえ、剣を腹に刺すなんて、莫迦《ばか》な女だ。封印の解けた鬼のそばで、無防備に眠っている間抜け面は、いくらでも見ていられた。

細い首だ。片手で手折ってしまえるほどに。

大嶽丸の手が、そっと涼音の首に回される。

尖《とが》った爪の先が、彼女の首の皮をぷつりと突き破り、赤い血の玉が浮かんだ。

「おまえは、幸せになったのだと思っていた」

田村麻呂を選んで、人の世界に迎えられ、子を産み育て、人として、つまらなくも幸せに生きて死ぬのだと。

そう、思っていたのに。

「壊したのは、おれか？」

答える声はない。

鈴鹿は死んだ。千年も前に。田村麻呂の言葉が正しければ、大嶽丸を救って死んだ。首を斬り落とされ、血溜《ちだ》まりの中で吐いた怨嗟《えんさ》の叫びを、彼女はどんな思いで聞いただろう。知ったことではない。そう、鬼の本能は言い捨てる。けれど。

憎かった。ゆるせなかった。

人ならざるものを捨てて、人であることを選んだくせに、と。

もしかしたら、自分は鈴鹿にこちら側を選んで欲しかったのか。

言葉をかわす機会は幾度もあった。他愛ないことなら剣戟《けんげき》の最中に口にした。後悔など、鬼の自分とは無縁のものだと思っていた。

いまとなっては、そう、すべては遠い昔のこと。

ここに眠っているのは、鈴鹿涼音という女。

生意気で、強情っ張りで、鬼を助けるためにぼろぼろになっている、しようもない女。

大嶽丸は涼音の首から手を離して、ぷくりと浮かんだ血の玉を舌先で舐《な》めとる。

白い頬と首に、乱れた黒髪がまとわりついている。

支配は解かれた。いまや、大嶽丸はどこへだって行けるし、なんでもできるだろう。この三千世界、混乱の渦に落としてやることだってできるだろう。

「………」

どれくらいそうしていたろう。やがて大嶽丸は立ち上がった。放り投げた神剣をもう一度拾い上げ、片方の角を斬り落とす。途端、躰から力が抜けてゆくのが分かった。

手の平に転がした角はたちまち淡い光の粒になる。それを口に含み、ぐったりしている涼音の躰を持ち上げ、上向かせ、顔を寄せて。

さしてやった薄い紅は取れかけていた。引き結ばれた唇を舌でこじ開け、口づける。

「ん……」

口中に満ちた鬼の気を、舌先に乗せてそっと涼音の中へ送り込んでゆく。そうしてすっかり彼女の中へ力を移してしまってから、乱れた紅を舐め取った。

「ま、どうせ人の一生なんて、たかが知れてるからな。いま少し付き合ってやる」

「……ん」

目を覚ました涼音を見て、鬼神は口の端を持ち上げた。

〇

目を開けたら、すぐそこに大嶽丸の顔があった。

その顔がやたら愉《たの》しそうで、涼音は恥ずかしくなって目を逸《そ》らした。

「……の、のみやくん、は？」

かすれた声で尋ねると、面白くなさそうな声が返ってくる。

「まあ、一応生きてるな。心臓は動いてる」

「そう……」

ほっとしたらまた眠くなってきたが、目を瞑《つぶ》るより先に大嶽丸に抱き上げられた。

「なにすんの」

「さっさと帰るぞ。腹が減った」

「帰る……？」

もう角は返して、双方にとって不本意な主従関係は解消されたのではないか。と思ったが、抱きかかえられた涼音が見たのは、片方の角が欠けた額だった。

「あれ？　私、あんたに角、返したよね」

「なに寝ぼけてやがる」

「あれえ？」

「もう黙ってろ。耳元でうるさい」

それでは、この猛烈な腹の痛みはなんだろう。ただの腹痛？　盲腸かも知れない。いや、それにしては……。疑問符が頭の中をぐるぐる飛び交っていたが、あまりに眠くてなにも考えられない。

だから最後にひとつだけ。次に起きたら、素直に言えそうにないから。

「ねえ、大嶽丸」

「なんだよ」

ぶっきらぼうな鬼神の声に、隠しようもない温かさを見つけてしまう自分は、人間として間違っているだろうか。

間違っていてもいいや、と、いまは思う。

「ありがと」

ほどけそうになる意識の中で、涼音はそう呟《つぶや》いた。大嶽丸がなにか言った気がしたが、その時にはもう夢の中だった。

終章　それはたぶん祈りに似ている

うららかな日曜日のお昼時。八田《やた》質店の中は、埃《ほこり》が靄《もや》のように舞っていた。千年くらい置き場が変わらないんじゃないかという家具やら小物やら、その他得体の知れない物をどかし、下敷きになっていた座卓をえいやと引っ張り出す。

この座卓も以前鈴鹿《すずか》家にあったものだ。家族三人で囲んだ食卓だったが、一人暮らしには少し大きすぎて、回収が後回しになっていた。

「あ〜、骨が折れました」八田がこれみよがしに腰をさすりながら言った。

「がりがりのはっちゃんが言うと真に迫るものがあるよね。足、大丈夫？」

八田の片足は義足だ。歩く時は杖《つえ》をついている。

「べつに、これくらいなんでもないですよ。それより、どうするんです？　これ」立てかけた座卓をぽんぽん叩《たた》きながら八田が首を傾《かし》げる。「うちの軽トラで運びますか？」

「ううん。荷物持ちがいるから」

「これを？　家まで？　人の手で？　無理だと思いますよ？」

「大丈夫。あー……その人、とっても力持ちだから」

鬼が持ってくれるから大丈夫、とは言えない。

視線を泳がせた涼音を見て、八田の目がすっと細くなる。

「……この座卓、ひとり用にしては、すこし大きすぎやしませんかね」

「あー、いや、なんか、ちょっと最近、家にひとり、増えたような……」

「増える？　人が？　へえ……」

「…………」

気まずい。大嶽丸《おおたけまる》のことをどう説明したらいいのだろうか。いつかは言わねばなるまい。

あの家を紹介してくれたのは八田だし、父母の代からの付き合いだ。だけど、だからこそ、なんだか言い出しづらい。

「まあ、それはいいとして、あなたなにか変なもの食べませんでした？」

「はい？」

唐突に方向転換した話題についていけない。なんのことかと八田の顔を見、彼の視線を追って、自分の脇腹に行き着いた。

じっと視線が注がれるそこには、大嶽丸の角がある。

言えない。これはもっと言えない。鬼の角を食べたなんて。

「おい涼音！　まだか！」

内心冷や汗を垂らしていたら、外から声がかかった。すべての元凶はこの鬼だが、今回ばかりはナイスタイミングだ。

「もう発掘したよ！　じゃ、はっちゃん、私はこれで！」

そそくさと座卓を引き取り、大嶽丸に託す。

重い座卓を片手で持ち上げた大嶽丸の背中を、さあ早く店を出ましょうとぐいぐい押した。が、動かない。

「あいつ……」

大嶽丸が八田を見ていた。八田もまた、大嶽丸を見てわずかに目を見開いている。

「どうしたの？」

「……いや、なんでもない」

興味を失ったのか、大嶽丸は踵《きびす》を返《かえ》してさっさと店を出てゆく。

「なんだったんだろ。じゃあね、はっちゃん」

足早に後を追う涼音の耳に、八田の独り言は届かなかった。

「はあ、よりによってあの鬼とかよ。……ま、千年も経《た》ってるんだ。いまさら僕がとやかく言うことじゃあないですよね、鈴鹿様」

発泡スチロールでできているのでは、と思うほど軽々運び込まれた座卓が、元々ちゃぶ台があった場所に据えられた。

開けっぱなしの縁側から、夏の風が入ってくる。風にそよぐ朝顔のつるが涼しげだ。

野々宮《ののみや》とは、あれから会っていない。

前期試験も受けられず、いったん休学手続きをしたと聞いた。

躰《からだ》に問題はなく、意識も無事に戻ったらしいが、辻斬《つじぎ》りによって受けた穢《けが》れを落とすのに、だいぶ時間がかかるという。

「少なくとも、この夏は山で修行だな」

芦屋《あしや》と五月《さつき》はたまに来て、野々宮の近況を教えてくれる。芦屋によれば、野々宮は現在、陰陽課《おんようか》のメンバーである山伏とともに山ごもりしている……とのことだ。

「山伏？　陰陽師《おんみょうじ》じゃなくてですか？」

「陰陽課ってのは通称だ。課内には山伏もシャーマンも……エクソシストもいる」

思った以上にごたまぜだ。課長が長期任務からじきに戻ってくるから、そのうちほかのメンバーとも会わせてもらえるらしい。

涼音と大嶽丸は、正式に陰陽課のメンバーに数えられたようだ。

事件の裏で暗躍していた通称Xというムカつく存在は、結局今回も取り逃している。

彼が野々宮に与えたと思《おぼ》しき鬼切丸《おにきりまる》は、鈴鹿の神剣の小通連《しょうとうれん》とともに陰陽課で保管中だった。三振りそろって三明《さんみょう》の剣《けん》だというが、正直ほかのふたつはどうでもいい。鈴鹿の家に伝わってきた顕明連《けんめいれん》があれば、涼音は満足だ。

揺れる朝顔を見ながらぼんやりしていたら、頬にぴたりと冷たいものが当たって飛び跳ねた。

「なにすんの！」

大嶽丸がにやにやしながら、麦茶の入ったコップを差し出す。

「ほーら、いいもんだろう。食えるもんばっかりの庭より、いくぶん目が楽しかろう」

「はいはいはいはい」コップを受け取りながら顔を背けた。

「誤魔化すな。見とれていたろうが」

「たしかに蔓草《つるくさ》はいいと思うよ。庶光にもなるし。でもだったらヘチマでもよかったんじゃない？　食べられるし、たわしにもなるし」

「………おまえというやつは」

呆《あき》れたため息をこぼし、大嶽丸は廊下の向こうへ消えた。しばらくして、洗濯場から大声が上がる。涼音は麦茶を吹いた。

「阿呆《あほ》涼音！　おまえおしゃれ着用洗剤じゃないやつで洗濯したな！」

どたどたと足音が近づいてくる。濡《ぬ》れた洗濯ものを、ぱっと眼前に突きつけられた。最近買ったブラウスだ。商店街で、セールで、大嶽丸が、似合うと言ったので。

「え、あ〜……でも、そんな変わんないでしょ……」

「変わる。すまほで調べた。洗濯を生業《なりわい》にしてるやつが言ってたんだから間違いない」

「こいつにスマホを渡すんじゃなかった……」

陰陽課から支給されたスマホは、大嶽丸のおもちゃになっている。いつの間にか涼音より使いこなしているのが恐ろしい。

「せっかく幾分ましな服を買ったというのに」

「ごめんってば」

「いいか、おまえは一事が万事雑なんだ。この前買ってやったどらいやーも、風呂上がりに使ってないだろう」

「使ったよ！」

「ならなぜそんな奇っ怪な寝ぐせがつく？」

「……あ、そーいえば牛乳があとちょっとしかないから買いにいかないと」

劣勢を覚《さと》って、涼音はそそくさと玄関へ逃げる。

「行ってきまーす」となんの気なしに言った言葉に、

「ああ行ってこい。早く帰れよ」と、返された。

ただ、それだけ。なのに。

「今日はおれが異国の食べもの、なぽりたんをつくってやるか、ら……」

玄関へ顔を出した大嶽丸の声が、途切れる。

金の瞳が、見開かれる。その眼に、大粒の涙をこぼしている涼音が映っていた。

「は？　どこだ？　どこで泣いた？　どらいやーか？　なぽりたんか？」

「な、泣いてな、いし」

「泣いてるだろうが。隠すなよ」

「なんでそんなに嬉《うれ》しそうなの！」

「おまえがずっと、泣きそうな顔で笑ってたから」

「………っ」

　そんなはずない、と言い返そうとして失敗する。そんなはずない。そんなはずはないけれど、涙があとからあとから溢《あふ》れて足元を濡らした。

　父が死んだ時から、泣いたことはなかった。母が死んだ時だって。

　我慢なんかしていない。ただ、泣けなかっただけだ。そこで泣けないのなら、もう二度と泣くことなんかないと思っていた。

　もし泣くとしたら、そのまま、二度と立ち上がれないような時だろうと思っていた。

　でも、いま、泣いている自分の前には大嶽丸がいる。

　失礼なことに、泣いている自分を嬉しそうに見ている鬼が。

　この鬼がいれば、きっと平気。自分はじきに泣き止《なや》むだろう。泣き止んで、また立ち上がって、日常を生きていくことができるだろう。

「鼻水垂れてやんの」

「あんたの服で拭いてやろうか」

運命なんて信じない。でも、千年越しのこの出逢《であ》いを、両手で抱きしめたい気分だった。

絶対、口には出さないけれど。

※この作品はフィクションです。実在の人物や団体などとは関係ありません。

※主要参考文献

『陰陽道　呪術と鬼神の世界』鈴木一馨（講談社選書メチエ）
『鬼の研究』馬場あき子（ちくま文庫）
『東北の田村語り』阿部幹男（三弥井書店）

お便りはこちらまで

〒一〇二―八一七七
富士見L文庫編集部　気付
神尾あるみ（様）宛
宵マチ（様）宛

富士見L文庫

千年鬼譚《せんねんきたん》
緋色《ひいろ》の鬼神《きしん》と転生《てんせい》の乙女《おとめ》

神尾《かみお》あるみ

2022年9月15日　初版発行

発行者　青柳昌行
発　行　株式会社 KADOKAWA
〒102-8177　東京都千代田区富士見2-13-3
電話　0570-002-301（ナビダイヤル）

印刷所　株式会社暁印刷
製本所　本間製本株式会社
装丁者　西村弘美

定価はカバーに表示してあります。　◇◇◇

●お問い合わせ
https://www.kadokawa.co.jp/（「お問い合わせ」へお進みください）
※内容によっては、お答えできない場合があります。
※サポートは日本国内のみとさせていただきます。
※Japanese text only

ISBN 978-4-04-074274-8 C0193